Die drei ???®

Die Spur des Spielers

Die drei ???®

Die Spur des Spielers

Erzählt von André Marx

KOSMOS
bei CARLSEN

Außerdem in der Reihe Die drei ??? ® bei Carlsen lieferbar:
Die drei ??? – Codename Cobra
Die drei ??? – Das Geheimnis der Diva
Die drei ??? – Der namenlose Gegner
Die drei ??? – Die geheime Treppe
Die drei ??? – Die Höhle des Grauens
Die drei ??? – Die sieben Tore
Die drei ??? – Doppelte Täuschung
Die drei ??? – Fußball-Teufel
Die drei ??? – Grusel auf Campbell Castle
Die drei ??? – GPS-Gangster
Die drei ??? – Im Schatten des Giganten
Die drei ??? – Im Zeichen der Schlangen
Die drei ??? – Nacht der Tiger
Die drei ??? – Pfad der Angst
Die drei ??? – Pistenteufel
Die drei ??? – Rufmord
Die drei ??? – Spuk im Netz
Die drei ??? und das Aztekenschwert
Die drei ??? und der Feuergeist / Nacht in Angst
Die drei ??? und die Fußball-Falle
Die drei ??? und der lachende Schatten
Die drei ??? und der Meister des Todes
Die drei ??? und der sprechende Totenkopf / und die brennende Stadt
Die drei ??? und der Tanzende Teufel
Die drei ??? und der verschollene Pilot
Die drei ???-Schuber (4 Bände)

MIX
Papier aus verantwortungsvollen Quellen
FSC® C083411
www.fsc.org

Veröffentlicht im Carlsen Verlag
Juni 2017
Mit freundlicher Genehmigung des Franckh-Kosmos Verlages
und der Universität von Michigan

Based on characters by Robert Arthur
Umschlagbild: Helge Vogt, trickwelt.com
Umschlaggestaltung: formlabor
Corporate Design Taschenbuch: bell étage
Gesetzt aus der Bembo von Dörlemann Satz, Lemförde
ISBN 978-3-551-31576-2

Die drei ???®

Die Spur des Spielers

Unterm Hammer

»Zwanzig Dollar sind geboten. Zwanzig Dollar für diesen herrlichen alten Spiegel aus Europa. Höre ich mehr? Überlegen Sie, meine Damen und Herren, wessen Antlitz er einst gespiegelt haben mag! Gräfinnen und Fürsten, Königinnen und Kaiser … wer weiß, welche Geschichte dieses edle Stück hat! Also, bietet jemand mehr als zwanzig Dollar? Niemand? Na schön, wie Sie meinen. Zwanzig Dollar zum Ersten … zwanzig Dollar zum Zweiten … und zwanzig Dollar zum Dritten!« Titus Jonas ließ den Holzhammer auf die Oberfläche des Rednerpults sausen. »Verkauft an die Dame mit dem Hut. Herzlichen Glückwunsch!«

Die Käuferin erhob sich von ihrem Stuhl, trat vor und entrichtete bei Tante Mathilda, die neben dem Rednerpult hinter einem Schreibtisch saß, den fälligen Betrag. Bob Andrews wickelte den Spiegel zum Schutz in Papier ein und überreichte ihn der Dame. Sie bedankte sich und kehrte an ihren Platz zurück.

Bob ließ seinen Blick über den sonnenbeschienenen Schrottplatz wandern. Er konnte sich nicht erinnern, ihn je so voller Menschen gesehen zu haben. Justus' Tante Mathilda hatte vor ein paar Wochen geklagt, dass das Gebrauchtwarencenter, wie der Schrottplatz offiziell hieß, langsam aus allen Nähten platze. Sie hatte einen Sonderverkauf vorgeschlagen, doch

dann war Onkel Titus auf die Idee mit der Versteigerung gekommen: Die würde sogar noch mehr Kunden anlocken und wäre eine tolle Werbung für das Unternehmen.
Tagelang hatte Tante Mathilda ihren Neffen und seine beiden Freunde Bob und Peter über den Schrottplatz gescheucht, um Ordnung zu schaffen und gleichzeitig interessante Stücke für die Versteigerung auszusuchen. Es ging vor allem darum, Ladenhüter loszuwerden. Diese waren sorgfältig mit echten Hinguckern gemischt worden, damit die Leute nicht das Gefühl hatten, dass nur Ramsch unter den Hammer kam. Zweihundert Stücke hatten die vier gemeinsam ausgesucht: ein altes Grammofon, körbeweise Sammeltassen, eine Schaufensterpuppe, Möbel aus einem Theaterfundus, Steinfiguren für den Garten, einen alten Mixer, den Spiegel, der gerade verkauft worden war – eben alles, was der Schrottplatz hergab.
Nun standen die ganzen Sachen unter Bobs Aufsicht auf mehreren Tischen neben dem Rednerpult von Onkel Titus, damit die Leute sie sich in Ruhe ansehen konnten, bevor sie mitboten. Weiter hinten verkauften Justus und Peter Kaffee, kalte Getränke, Hotdogs und selbst gebackene Muffins.
Auf dem Platz selbst hatten sie achtzig Stühle aufgestellt, die fast alle besetzt waren. Unter den Sonnenschirmen am Rand standen noch mehr Leute. Ein paar Kinder aus der Nachbarschaft saßen sogar oben auf dem Holzzaun, der das Gelände umschloss, um besser sehen zu können. Die Auktion war ein voller Erfolg!
Tante Mathilda war selig. Ein paar Blumenvasen, die alten

Schellackplatten und die scheußliche Clownpuppensammlung hatten schon einen neuen Besitzer gefunden. Viel Geld hatten sie zwar nicht gebracht, aber das war nicht so wichtig – Hauptsache, das Zeug war endlich weg!
Während Onkel Titus das nächste Stück versteigerte – eine weiß-orange Stehlampe aus den Sechzigern –, kam ein großer, breitschultriger Mann mit einer Sporttasche in der Hand zu Bob an die Ausstellungstische. Er trug eine rote Baseballkappe und unter seiner halb geschlossenen Kapuzenjacke ein weißes T-Shirt mit einem aufgedruckten Logo, das aber nicht genau zu erkennen war. Seine Augen waren hinter einer verspiegelten Sonnenbrille verborgen. Bob musste spontan an seinen Sportlehrer denken.
Der Mann stellte die Tasche auf den Boden und betrachtete eingehend ein Schachbrett samt Figuren, das auf dem Tisch stand. Es war ein schlichtes, aber sehr schönes Spiel, das ganz aus Holz gearbeitet war. Ein kleines Kästchen zum Transport der Figuren gehörte auch dazu.
»Ich will das Schachspiel da haben«, sagte der Mann nach einer Weile. »Wie teuer?«
»Das wird sich noch zeigen«, erklärte Bob. »Mit etwas Glück können Sie es für einen Dollar ersteigern. Aber ich schätze, dass noch ein paar mehr Leute mitbieten werden. Für wie viel es am Ende verkauft wird, kann ich Ihnen leider nicht sagen.«
»Ich will es aber jetzt gleich kaufen.«
»Tut mir leid, Sir, aber das geht nicht, heute wird hier nur versteigert.«

»Ich zahle fünfzig Dollar.«
»Das wäre wahrscheinlich ein guter Preis, aber es haben vorhin schon ein paar andere Leute ein Auge darauf geworfen. Einer hat mir die gleiche Frage gestellt und ich musste ihn ebenfalls vertrösten.«
»Tatsächlich?«, fragte der Mann aufmerksam. »Wer denn?«
»Der ältere Herr dort hinten«, antwortete Bob und wies auf einen kleinen, schmalen Mann mit altmodischem Hut und Brille, der trotz der Wärme mit einem Mantel bekleidet war und in der hintersten Stuhlreihe saß. »Es wäre nicht fair, wenn ich Ihnen das Schachspiel jetzt verkaufen würde«, fuhr Bob fort. Doch der Mann, der aussah wie ein Sportlehrer, schien ihm gar nicht zugehört zu haben.
»Ihr braucht es ja nicht zu versteigern und wir verhandeln dann später noch mal, wenn hier alles zu Ende ist.«
»Dann würde ich Ärger mit Mr Jonas bekommen«, versuchte Bob sich aus der Affäre zu ziehen. Er deutete auf Onkel Titus.
Der war mit der Stehlampe gerade fertig und verkündete: »Kommen wir zum nächsten Stück: diesem wunderbaren Schachspiel aus Holz!« Titus Jonas gab Bob ein Zeichen.
»Sie können ja mitbieten«, sagte Bob zu dem Sportlehrer. Er nahm das Schachbrett und das Kästchen für die Figuren und stellte beides auf ein erhöhtes Podest neben dem Rednerpult, damit alle einen guten Blick darauf hatten. Als er zum Ausstellungstisch zurückkehrte, hatte sich der Sportlehrer bereits auf einen freien Stuhl ganz am Rand gesetzt.
»Die Figuren sind handgeschnitzt«, verkündete Titus. »Viel-

leicht hat das Spiel mal einem russischen Großmeister gehört! Ein erstes Gebot?«

»Ein Dollar!«, rief ein Junge, den Bob aus der Schule kannte.

»Fünf Dollar!«, wurde er sogleich von einem jungen Mann ganz hinten überboten.

»Fünf Dollar also«, wiederholte Onkel Titus.

»Sechs Dollar!«, rief der Junge.

»Zehn!«, rief der junge Mann.

Bob lächelte. Das fing vielversprechend an.

Der alte, schmächtige Mann im Mantel, der in der letzten Reihe saß, hob seinen Spazierstock. »Zwanzig Dollar!«

»Aha, ich sehe, wir haben ein paar Schachliebhaber im Publikum«, sagte Onkel Titus erfreut.

Nun fing auch der Sportlehrer an zu bieten: »Dreißig!«

»Fünfunddreißig!«, sagte eine junge Frau in der Mitte.

»Vierzig!«, sagte der alte Herr im Mantel.

»Fünfzig!« Das war wieder der junge Mann.

»Sech–«, hob der Alte an, wurde aber sofort vom Sportlehrer unterbrochen: »Einhundert Dollar!«

Ein Raunen ging durch die Menge. Das Schachspiel war wirklich schön und sicher etwas wert. Aber hundert Dollar?

»Da will es aber jemand wissen!«, kommentierte Onkel Titus das Geschehen. »Einhundert Dollar sind geboten, meine Damen und Herren! Höre ich –«

»Zweihundert!«, bot der Alte.

Nun drehten sich die ersten Zuschauer um, um einen Blick auf den Mann zu werfen, der das Schachspiel unbedingt

haben wollte. Der Jüngere winkte ab, er würde nicht weiterbieten. Nun war klar, dass nur noch der alte Mann und der Sportlehrer im Rennen waren.
»Zweihundertfünfzig!«, sagte dieser.
»Dreihundert!«
»Vierhundert!«
»Fünfhundert!«
»Tausend!«
Jetzt gab es kein Halten mehr. Alle tuschelten durcheinander. Bob fing fragende Blicke von Justus und Peter auf. Am Erfrischungsstand passierte gerade gar nichts. Die Leute, die dort in der Schlange gestanden hatten, hatten jegliches Interesse an Hotdogs und Muffins verloren. Alle verfolgten gespannt das Bietduell der beiden ungleichen Männer. Justus riss sich los und eilte an der Menge vorbei nach vorn.
Bob kam seinem Freund entgegen. Am Kassentisch von Tante Mathilda trafen sie sich.
»Bob, irgendetwas stimmt hier nicht«, raunte Justus ihm zu. »Dieses Schachspiel ist niemals tausend Dollar wert.«
»Das dachte ich auch.«
»Trotzdem bieten diese beiden Verrückten sich um Kopf und Kragen. Da ist was faul.«
»Eintausendzweihundert Dollar!«, verkündete Onkel Titus gerade lautstark.
»Wenn Onkel Titus das Spiel jetzt für tausendzweihundert verkauft, dann stellt sich womöglich heraus, dass es noch viel mehr wert war«, fuhr Justus fort. »Wir müssen das irgendwie stoppen!«

»Gar nichts wird hier gestoppt!«, zischte Tante Mathilda von ihrem Platz hinter dem Tisch aus. Sie hatte hektische rote Flecken im Gesicht bekommen und war völlig außer sich. »Das ist das Geschäft des Jahres, klar? Zurück auf deinen Platz, Justus Jonas, die Leute wollen Muffins essen!«
»Aber im Moment will überhaupt niemand –«
»Wird's bald!«
Tante Mathildas herrischer Ton duldete keinen Widerspruch. Justus fügte sich in sein Schicksal und kehrte widerwillig zum Erfrischungsstand zurück. Auch Bob nahm wieder seinen Platz ein.
»Tausendfünfhundert Dollar wurden geboten von dem Herrn im Mantel!«, wiederholte Onkel Titus.
»Zweitausend!«, rief der Sportlehrer.
»Zweitausenddreihundert!«
»Zweitausendfünfhundert!«
Die Gebote kletterten und kletterten. Onkel Titus war mittlerweile genauso hektisch wie Tante Mathilda. Bob richtete seine Aufmerksamkeit auf die beiden Kontrahenten. Mit seinem altmodischen Hut und der Nickelbrille sah der alte Mann aus wie ein Bankangestellter aus den Fünfzigerjahren. Bob geriet schon beim Anblick des Mantels ins Schwitzen. Der Herr war sichtlich nervös und tupfte sich immer wieder mit einem Taschentuch die Stirn. Jedes Mal, wenn er überboten wurde, warf er einen halb ängstlichen, halb empörten Blick Richtung Sportlehrer. Der wiederum bemühte sich um Gelassenheit, doch die Wut war ihm trotz der spiegelnden Sonnenbrille deutlich anzusehen. Seine

Stirn war gerötet und Bob konnte sogar aus der Ferne die geschwollene Halsschlagader erkennen.
Keiner der beiden machte den Eindruck, als würde er in absehbarer Zeit das Handtuch werfen.
Das aktuelle Gebot lag bei dreitausend Dollar. Da schien dem alten Mann der Kragen zu platzen. »Ich biete viertausend Dollar!«, rief er so laut, dass seine Stimme kippte.
Inzwischen raunte niemand mehr. Auf dem Schrottplatz herrschte atemlose Stille.
»Viertausend Dollar sind geboten«, wiederholte Onkel Titus. »Nun, der Herr ganz rechts, sind Sie bereit, mitzugehen?«
Der Sportlehrer verzog keine Miene.
Onkel Titus wartete noch ein paar Sekunden. »Es scheint, als wäre damit die Obergrenze erreicht. Viertausend Dollar also zum Ersten … viertausend Dollar zum Zweiten … und viertausend Dollar zum –«
»Fünftausend!«, rief der Sportlehrer.
Da war es wieder vorbei mit der atemlosen Stille. Die Besucher redeten aufgeregt durcheinander.
»Können Sie das bitte noch einmal wiederholen?«, bat Onkel Titus.
»Fünftausend Dollar.«
»Fünfeinhalb!«, rief der alte Mann und erhob sich, auf seinen Spazierstock gestützt.
»Sechs«, knurrte der Sportlehrer.
»Sechseinhalb!«
»Sechstausendsiebenhundert.«

»Siebentausend!«

Der Sportlehrer schwieg grimmig. Die Halsschlagader pulsierte.

»Siebentausend!«, wiederholte der Alte.

»Ich habe Sie gehört, keine Sorge«, versicherte Onkel Titus. »Siebentausend Dollar also für dieses wahrlich einmalige Schauspiel, äh, Schachspiel! Höre ich mehr?«

Der Sportlehrer schwieg noch immer.

»Siebentausend Dollar zum Ersten …«

Bob versuchte abzuschätzen, ob der Mann mit der Sonnenbrille doch noch einmal die Hand heben würde.

»… siebentausend Dollar zum Zweiten … und wenn sich niemand mehr meldet … dann hebe ich den Hammer und sage wirklich und wahrhaftig … siebentausend Dollar zum Dritten!« Titus Jonas schlug so heftig mit dem Hammer auf das Rednerpult, dass eine Delle im Holz zurückblieb. Auf dem Schrottplatz brach Jubel aus. Die Leute beklatschten die spannende Show, die ihnen geboten worden war. Mitten im Beifallssturm stand der Sportlehrer so ruckartig auf, dass sein Stuhl umkippte. Voller Wut schnappte er sich seine Tasche, stapfte davon und verließ den Schrottplatz, ohne sich noch einmal umzudrehen. Bob sah, dass Justus versuchte, ihn auf seinem Weg nach draußen anzusprechen, doch der Mann reagierte gar nicht auf ihn.

Der Gewinner des Bietduells wiederum eilte, so schnell es mit seinem Stock ging, nach vorn zum Verkaufstisch.

»Nun, ich denke, das ist die ideale Gelegenheit für eine kleine Pause«, verkündete Onkel Titus und tupfte sich den

Schweiß von der Stirn. »In zwanzig Minuten machen wir weiter!« Stühle wurden gerückt und im Nu herrschte wieder reges Treiben bei Peter und Justus am Erfrischungsstand.

Als der Käufer schließlich vor Tante Mathildas Tisch stand, traten auch Bob und Onkel Titus hinzu.

»Na, da wollte es aber jemand wissen, wie?«, sagte Tante Mathilda lächelnd. Sie war die Einzige, die schon wieder einen vollkommen gelassenen Eindruck machte. Als wäre es an der Tagesordnung, dass solche Summen im Gebrauchtwarencenter Titus Jonas über den Tisch wanderten. »Darf ich Ihnen noch einen Kaffee zur Stärkung anbieten? Der geht dann auch aufs Haus.«

»Nein, danke. Ich würde lieber gleich bezahlen.« Er sah sich um, als hätte er Angst, dass ihm jemand das Spiel stehlen würde. »Mit Kreditkarte, wenn es Ihnen nichts ausmacht. Ich war auf diesen Betrag nicht vorbereitet.«

»Selbstverständlich«, antwortete Tante Mathilda strahlend und kam hinter ihrem Tisch hervor. »Begleiten Sie mich doch bitte ins Büro.«

»Ich komme auch mit!«, sagte Bob schnell.

»Nichts da, du packst dem netten Herrn das Spiel ein«, bestimmte Tante Mathilda. »Aber sei vorsichtig, hörst du!«

Bob fügte sich in sein Schicksal und legte Figur für Figur sorgfältig in das mit rotem Samt ausgeschlagene Holzkästchen. Für das Brett selbst verwendete er Luftpolsterfolie. Dabei ließ er sich Zeit und so war er noch nicht ganz fertig, als Tante Mathilda mit dem Kunden wiederkam. Der steckte gerade mit zittrigen Fingern die Kreditkarte in seine Geldbörse zurück. Bob gelang es noch, den Namen auf der Karte zu entziffern: Bishop Blake.

Er betrachtete Mr Blake genauer. Er war älter, als Bob auf die Entfernung vermutet hatte, bestimmt schon Ende siebzig, und dabei nicht größer als der Dritte Detektiv. Der Mantel schlackerte um den dünnen Körper herum. Das dicke Glas seiner Nickelbrille ließ seine Augen sehr klein erscheinen.

Bob räusperte sich, während er das Figurenkästchen und das Brett in einen Karton legte. »Sir, ich wüsste gern, was das Spiel eigentlich so wertvoll macht. Ich hätte nie damit gerechnet, dass jemand so viel dafür bieten würde.«

Mr Blake sah sich über die Schulter um, beugte sich zu Bob vor und raunte: »Es ist besser, wenn du das nicht weißt.«

»Ach«, sagte Bob verdutzt. »Und warum?«

Der Mann warf ihm einen schwer zu deutenden Blick zu, antwortete aber nicht, sondern streckte die Hände nach dem Pappkarton aus.

»Brauchen Sie eine Tasche?«, fragte Bob.

»Nein, danke. Es geht schon. Ich muss jetzt gehen.« Bishop Blake klemmte sich den Karton unter den rechten Arm, benutzte die linke Hand für den Stock und drehte sich um, ohne Tante Mathilda, Onkel Titus oder Bob noch eines Blickes zu würdigen. Möglichst unauffällig versuchte er, Richtung Eingangstor zu gelangen. Dabei wollten ihn zwei, drei Leute auf seinen spektakulären Kauf ansprechen, aber er floh vor ihnen wie ein bedrängtes Tier und hatte das Schrottplatzgelände kurz darauf verlassen.

Titus Jonas seufzte. »Na, das war ja was!«

»Allerdings«, stimmte Bob zu. »Können Sie sich das erklären, Mr Jonas? Siebentausend Dollar für ein Schachspiel! Das ist doch Wahnsinn!«

»Das zeigt lediglich, dass es sich jederzeit lohnt, im Gebrauchtwarencenter Titus Jonas vorbeizuschauen!«, sagte Tante Mathilda bestimmt. »Hier kann man noch wahre Schätze entdecken! Das war die beste Werbung, die wir kriegen konnten!«

»Ja, aber –«

Weiter kam Bob nicht.

Ein grässliches Bremsenquietschen gellte über den Platz, gefolgt von einem dumpfen Knall. Alle hatten es gehört, alle hielten inne.

»Da ist was auf der Straße passiert!«, rief irgendjemand.

Justus und Peter, die mit ihrem Erfrischungsstand nahe am Ausgang waren, ließen alles stehen und liegen und rannten los. Bob eilte ihnen nach, doch als er sich endlich einen Weg durch die Menge nach draußen auf die Straße gebahnt hatte, hatte sich schon eine Menschentraube an der nächsten Straßenkreuzung gebildet.

Bob erfasste die Situation mit einem Blick: Auf dem Asphalt prangten hässliche schwarze Bremsspuren. Wo sie endeten, lag ein Mann am Boden. Das Auto, das die Spuren hinterlassen hatte, war nirgends zu sehen. Bob eilte zu dem Opfer. Justus und Peter knieten bereits neben ihm. Es war Mr Blake. Peter hatte sein Handy gezückt und sprach schon mit der Notrufzentrale. Blake wiederum blinzelte orientierungslos umher, sah in Justus' Gesicht, murmelte ihm etwas zu, das Bob nicht verstand, dann verlor er das Bewusstsein. Bob sah sich hilflos um. Nicht nur vom Täter und seinem Auto fehlte jede Spur. Auch der Karton mit dem Schachspiel war verschwunden.

Ein nagendes Gefühl

Der Krankenwagen kam schnell und Mr Blake wurde sofort in die Klinik gebracht. Die Polizei war da, um Zeugenaussagen aufzunehmen, doch niemand hatte den Unfall direkt beobachtet. Lediglich Derek, ein Junge aus der Nachbarschaft, sprach etwas länger mit den Polizisten. Auch die drei Detektive wurden befragt, aber sie konnten nichts Entscheidendes beitragen.

Onkel Titus brach die Versteigerung ab. Doch dann tauchte ein Reporter der *Rocky Beach Today* auf und interviewte Onkel Titus und viele der Gäste zu dem Vorfall. So dauerte es noch über eine Stunde, bis die letzten Menschen gedämpft tuschelnd den Schrottplatz verlassen hatten und Tante Mathilda mit einem lauten Seufzer das große Eingangstor endlich schließen konnte.

Erschöpft ließen sich alle fünf auf der Veranda nieder und blickten schweigend auf die verwaisten Stuhlreihen.

»Als Mr Blake ohnmächtig wurde, habe ich gedacht, er wäre tot«, sagte Peter in die Stille hinein.

Justus nickte. »Aber dann habe ich seinen Puls gefunden. Zum Glück war der Krankenwagen ganz schnell da.«

»Müssten wir nicht irgendwas unternehmen?«, fragte Tante Mathilda. »Die Familie des Mannes anrufen? Die wird sich doch Sorgen machen, wenn er nicht nach Hause kommt!«

»Darum wird sich das Krankenhaus kümmern«, sagte Onkel Titus. »Oder die Polizei.«
»Aber was, wenn nicht?«
»Beruhige dich, Mathilda, ich bin sicher, dass die Familie des Herrn längst informiert ist.«
Doch Tante Mathilda war völlig aufgelöst. »Ein so schrecklicher Unfall direkt vor unserer Tür! Dabei sollte es ein schöner Tag werden. Und dann begeht der Täter auch noch Fahrerflucht! In was für einer schrecklichen Welt leben wir nur!«
Peter, Bob und Justus warfen einander unauffällig Blicke zu. Die drei Detektive waren in Gedanken schon ein gutes Stück weiter. Aber sollten sie das Tante Mathilda und Onkel Titus wirklich sagen?
Justus entschied sich schließlich dafür und sagte: »Es war kein Unfall.«
»Wie bitte?«, fragte Tante Mathilda.
»Mr Blake wurde absichtlich angefahren.«
»Aber Justus!«, empörte sich seine Tante. »Nun steigere dich doch nicht wieder in diese Verbrechensfantasien hinein! Nur weil ihr drei Jungen vernarrt seid ins Detektivspielen, heißt das noch lange nicht, dass überall das Böse lauert.«
»Erstens, liebe Tante, warst du diejenige, die noch vor zwanzig Sekunden das Böse in der Welt beklagt hat. Und zweitens: Das Schachspiel ist verschwunden.«
»Was meinst du damit?«, hakte Onkel Titus nach.
»Der Karton, den Bob Mr Blake gegeben hat, war weg. Wer immer ihn angefahren hat, hat den Karton mitgenommen.«

»Und damit macht sich eine Person sehr verdächtig«, meinte Bob.
»Der andere Bieter, der das Spiel haben wollte«, sagte Peter.
»Der Sportlehrer«, fügte Justus hinzu.
»Woher weißt du, dass er Sportlehrer ist?«, raunte Peter.
»Ich weiß es nicht, aber er sieht so aus, als könnte er einer sein«, raunte Justus zurück.
Mathilda Jonas schlug die Hand vor den Mund. »Meint ihr wirklich? Aber das wäre ja ungeheuerlich!«
»Und deshalb müssen wir in dieser Angelegenheit auch ermitteln«, erklärte Justus. »Ich schlage vor, dass wir gleich ins Krankenhaus fahren und Mr Blake befragen. Es würde mich nicht überraschen, wenn er den Sportlehrer kennt. Parallel dazu sollten wir herausfinden, was das Schachspiel so begehrenswert macht. Onkel Titus, woher hast du es eigentlich?«
»Moooment!«, ging Tante Mathilda dazwischen und hob mahnend die Hände. »Ihr werdet überhaupt nichts ermitteln, hast du mich verstanden, Justus Jonas?«
»Aber warum denn –«
»Weil ich es sage! Herrgott noch mal, ein Mensch kommt vor unserer Haustür fast ums Leben und alles, was euch Jungen dazu einfällt, sind … Ermittlungen!« Sie spie das Wort aus wie ein verdorbenes Lebensmittel.
Peter hob zaghaft den Finger. »Genau genommen ist es bloß Justus eingefallen …«
»Das ist doch ganz egal!«, polterte Mathilda. »Ihr werdet

jetzt die Stühle wieder abbauen, den Schrottplatz aufräumen und die Kaffeemaschine verstauen, dann kommt ihr auch nicht auf dumme Gedanken, basta!« Ruckartig erhob sie sich, knallte ihr Wasserglas aufs Tablett und stapfte zurück ins Haus.

Da Onkel Titus noch da war, wagte niemand, etwas zu sagen. Doch Justus' Onkel erhob selbst das Wort. »Nehmt es ihr nicht übel. Sie war sowieso schon aufgeregt wegen der Versteigerung. Der Unfall hat sie völlig aus der Fassung gebracht. Mich übrigens auch.«

»Und woher hast du nun das Schachspiel?«, fragte Justus.

Titus Jonas hob eine Augenbraue. »Hast du deine Tante nicht gehört?«

»Doch, schon, aber ich dachte …«

Onkel Titus blickte schicksalsergeben gen Himmel. »Was soll's, ich kann es dir ja doch nicht ausreden. Die Zeiten, in denen du auf deine Tante und mich gehört hast, sind längst vorbei, oder? Falls es sie je gegeben hat. Also schön, das Schachspiel stammt aus einer Haushaltsauflösung, die ich letzte Woche gemacht habe. Die Eigentümerin hieß Irene Hammontree und ist vor einer Woche verstorben. Ihre Nachbarin Eudora Kretchmer hat mich mit der Auflösung beauftragt.«

»Eudora Kretchmer vom Frauenclub?« Peter verdrehte die Augen. »Ach herrje.«

»Du kennst sie?«, fragte Onkel Titus.

»Wer kennt sie nicht …«

»Wir hatten mal während eines Falls mit ihr zu tun«, er-

klärte Bob. »Wie hießen ihre Töchter noch mal? Prudence und Purity?«
Justus lachte. »Charity und Chastity. Aber sag mal, Onkel Titus, wenn Mrs Hammontree erst vor einer Woche gestorben ist, ging es ja sehr schnell mit der Haushaltsauflösung. Ist das nicht ein bisschen … pietätlos?«
Titus Jonas lächelte spitzbübisch. »Da fragst du am besten Mrs Kretchmer selbst.«
»Und wie viel hast du für das Schachspiel bezahlt?«
»Wir haben einen Komplettpreis für den ganzen Haushalt ausgemacht. Das war ein völlig normaler Preis, überhaupt nichts Besonderes, wenn du das meinst.«
»Hm, das klingt nicht so, als hätte Mrs Kretchmer eine Ahnung vom tatsächlichen Wert des Schachspiels gehabt. Befragen sollten wir sie trotzdem. Sie kann uns sicher mehr über Irene Hammontree erzählen. Vielleicht bringt uns das weiter und wir finden heraus, was das Schachspiel so wertvoll macht.«
»Darauf freue ich mich schon«, murmelte Peter wenig begeistert.
»Ihr faulenzt ja immer noch herum!«, drang Tante Mathildas Stimme durch das geöffnete Fenster aus der Küche. »Habt ihr Tomaten auf den Ohren?«
Justus räusperte sich und stemmte sich aus dem Stuhl. »Tante Mathildas Gereiztheit werden unerfreuliche Sanktionen folgen, wenn wir ihrer Aufforderung nicht zeitnah nachkommen, Kollegen. Besser, wir fügen uns ihrem Diktat.«
Peter verdrehte die Augen wegen Justus' geschraubter Aus-

drucksweise, stand aber gemeinsam mit Bob auf. Sie machten sich an die Arbeit und stellten die Stühle zusammen, während Onkel Titus so nett war, ihnen beim Abbau des Erfrischungsstandes zu helfen. Trotzdem war es schon dunkel, als sie endlich mit der Arbeit fertig waren. Die letzten Spuren der Versteigerung beseitigten sie im Licht einiger alter Scheinwerfer, die Onkel Titus einmal einem Filmstudio abgekauft hatte. Zu Tode erschöpft beschlossen die drei ???, alle weiteren Ermittlungen auf den nächsten Vormittag zu vertagen.

»Oder auf den Sankt-Nimmerleins-Tag«, schlug Peter vor. »Wer weiß, ob Mr Blake uns überhaupt etwas sagen kann. Und Mrs Kretchmer … die redet zwar viel, wenn der Tag lang ist, aber bestimmt weiß sie überhaupt nichts.«

»Wir haben noch eine dritte Spur«, verkündete Justus. »Sam Chiccarelli.«

»Bitte was?«, fragte Bob.

»Bitte wer?«, fragte Peter.

»Sam Chiccarelli. Ich nehme an, das ist ein Name. Wie immer man das schreibt. Und außerdem waren es die letzten Worte von Bishop Blake, die er mir zugeflüstert hat, bevor er das Bewusstsein verlor.«

Am nächsten Tag fanden sich Bob und Justus als Erste in der Zentrale ein. Die Zentrale war das geheime Hauptquartier der drei Detektive, das sie in einem unter Schrott versteckten Campinganhänger eingerichtet und im Laufe der Zeit mit allem ausgestattet hatten, was der Schrottplatz hergab. So saßen Justus und Bob in zwei uralten, staubigen, aber äußerst gemütlichen Sesseln und warteten auf Peter. Der polterte schließlich ziemlich gehetzt durch einen ihrer geheimen Eingänge: das Kalte Tor. Das war ein alter Kühlschrank, der wie zufällig am Rande des Schrottbergs stand und durch dessen Rückwand man hindurchgehen und in die Zentrale gelangen konnte.

»Schlechte Nachrichten«, verkündete Peter. »Ich kann heute nicht mitmachen, jedenfalls nicht gleich, sondern erst heute Nachmittag.«

»Wieso denn nicht?«, erkundigte sich Justus leicht verärgert.

»Weil ich heute bei den Robertsons den Rasen mähe.«

»Und das muss heute sein?«

»Es war so abgemacht. Hatte ich gestern vergessen.«

Der Erste Detektiv verzog missmutig den Mund. »Rasenmähen ist dir also wichtiger als unsere Detektivarbeit.«

Peter verdrehte die Augen. »Meine Güte, ich brauche den Job, denn ich brauche das Geld, und zwar für mein Auto. Und *wir* brauchen das Auto für unsere Detektivarbeit. Das ist dir doch bestimmt schon aufgefallen. Also mähe ich den Rasen genau genommen für *uns*, nicht für mich. Außerdem könnte ich bei Mrs Kretchmer sowieso nichts ausrichten. Sie kann mich nicht leiden.«

»Sie kann niemanden leiden«, sagte Bob.

»Na schön, dann mäh halt den Rasen«, lenkte Justus ein. »Sag mal, die Robertsons, die wohnen doch ganz in der Nähe des Krankenhauses, oder?«

Peter nickte.
»Dann kannst du auf dem Hinweg nach Mr Blake sehen und ihn befragen. Ob er weiß, wer ihn angefahren hat, was es mit dem Schachspiel auf sich hat und so weiter.«
»Auf dem Rückweg«, sagte Peter mit einem Blick auf seine Armbanduhr. »Ich bin nämlich jetzt schon spät dran. Bis dann!« Und schon war Peter wieder draußen.
»Für dich habe ich ebenfalls eine Aufgabe, Bob: Du fährst zu Mrs Kretchmer.«
Bob verdrehte die Augen. »Muss das sein?«
»Das ist eine wichtige Spur!«
»Und was machst du, wenn ich fragen darf?«
»Ich kümmere mich um die Beantwortung der Frage, wer oder was Sam Chiccarelli ist.«
Bob verzog das Gesicht. »Das klingt aber eigentlich eher nach einer Aufgabe für mich. *Recherchen und Archiv – Bob Andrews*, erinnerst du dich?«
»Vage.«
»Das hast *du* mal so verfügt, Justus.«
»Weil du ein gebrochenes Bein hattest und zu nichts anderem zu gebrauchen warst. Das Bein ist längst verheilt.«
»Ich *mag* Recherche.«
»Aber Mrs Kretchmer mag *mich* nicht«, hielt Justus dagegen.
»Sie mag niemanden«, erinnerte ihn Bob und fuhr äußerst bestimmt fort: »Du fährst zu Mrs Kretchmer, ich kümmere mich um das, worum ich mich schon immer gekümmert habe.«

»Nein.«
»Dann losen wir.«
»Na gut.«
Sie warfen eine Münze. Bob gewann.
Zehn Minuten später verließ Justus widerwillig die Zentrale, schwang sich noch widerwilliger auf sein Fahrrad und verließ den Schrottplatz. Drei Häuser weiter die Straße hinunter entdeckte er Derek, den Jungen aus der Nachbarschaft, der am Vortag mit der Polizei geredet hatte. Derek spielte Basketball mit sich selbst und versuchte, den Korb über dem Garagentor zu treffen.
»Hallo, Derek!«, begrüßte Justus den Jungen, der ein paar Jahre jünger war als er selbst, und radelte auf ihn zu.
»Hi, Just!«, rief Derek erfreut, ließ den Ball augenblicklich fallen und griff nach einer Zeitung, die auf dem Rasen lag. »Hast du schon gesehen? Wir stehen alle in der Zeitung!«
Justus warf ihm einen fragenden Blick zu.
»Ein ganz großer Artikel in der *Rocky Beach Today*. Von deinem Onkel und der Versteigerung und dem Schachspiel und dem Unfall und allem!« Derek hielt ihm die Zeitung unter die Nase.
Justus überflog den Text. Der Bietwettkampf war natürlich eine willkommene Geschichte für die Sonntagsausgabe und wäre vermutlich in jedem Fall erschienen. Dass alldem noch ein Verkehrsunfall mit Fahrerflucht gefolgt war, hatte die Story jedoch auf Seite eins befördert.
»Und da stehe ich!«, sagte Derek stolz und zeigte auf einen Absatz am Ende des Artikels.

»›Der einzige Zeuge des Unfalls, ein Junge aus der Nachbarschaft, gab der Polizei einige sachdienliche Hinweise, die bis Redaktionsschluss jedoch noch nicht zur Ergreifung des Täters führten‹«, las Justus vor. »Und genau darüber wollte ich mit dir reden. Was genau konntest du denn beobachten? Hast du den Unfall wirklich gesehen?«

»Na ja, nicht direkt. Aber ich hatte gute Sicht, ich hab nämlich auf dem Zaun gesessen.«

»Du warst das!« Justus erinnerte sich an die Kinder, die oben auf der Schrottplatzumzäunung gehockt und der Versteigerung zugesehen hatten.

»Ja. Ich habe allerdings in die falsche Richtung geschaut und mich erst umgesehen, als es geknallt hat. Und dann war ich auch mit der Kamera nicht schnell genug, weil ich mich ja umdrehen musste und Angst hatte, ich würde runterfallen.«

»Moment mal«, merkte Justus auf, »hast du gerade ›Kamera‹ gesagt?«

»Ja, klar, sonst hätte ich der Polizei ja gar nichts zeigen können.«

»Du hast den Unfall gefilmt?«

»Eben nicht, das habe ich doch gerade erklärt«, antwortete Derek und fing wieder an, mit seinem Basketball zu dribbeln. »Aber ich habe die Versteigerung gefilmt. Als die plötzlich bei hundert Dollar waren, habe ich mein Handy rausgeholt und draufgehalten, weil ich dachte, das könnte noch spannend werden. Wurde es ja auch. Ich wollte gerade ausmachen, da hat's geknallt, und dann habe ich das Auto eben noch mit draufgekriegt, einen dunklen Pontiac, aber das Nummernschild kann man nicht erkennen. Die Polizei hat das Video schon. Die versuchen, das Bild irgendwie schärfer zu kriegen.«

Justus dachte zurück an den Knall, den er vom Schrottplatz aus gehört hatte. An den aufheulenden Motor. Plötzlich war ihm, als würde er bei alldem etwas übersehen. Aber das Gefühl verflüchtigte sich wieder. »Könnte ich das Video auch haben?«

»Ermittelt ihr denn in dem Fall?«

Justus nickte.

»Cool. Lasst ihr mich mitmachen? Ich habe schließlich alles gefilmt!«

Justus, der davon alles andere als begeistert war, fiel zum Glück schnell die passende Antwort ein: »Wenn du willst, kannst du mich begleiten.«

Derek ließ den Ball fallen und strahlte. »Echt?«

»Ja. Ich fahre zu Mrs Kretchmer.«

Das Strahlen erlosch. »Mrs Kretchmer vom Frauenclub?«

Justus nickte mit gewichtiger Miene. »Sie hat mit dem Fall zu tun und wahrscheinlich werde ich den halben Tag lang mit ihr reden.«

Derek verzog angewidert den Mund. »Okay, verstehe. Weißt du was, ich spiele lieber noch ein bisschen Basketball. Ich werde nämlich Basketballprofi. Da verdient man auf jeden Fall mehr als ein Detektiv.«

»Ohne Zweifel.«

Derek lief ins Haus, wo er das Video schnell auf einen USB-

Stick überspielte. Den gab er Justus. »Kannst du mir ja demnächst mal wiedergeben.«

Der Erste Detektiv nickte. »Mach ich. Danke, Derek!«

Der Junge wandte sich wieder seinem Ball zu, während Justus seinen Weg fortsetzte. Er überquerte die Kreuzung, an der der Unfall passiert war. Neben zwei geparkten Autos waren die Bremsspuren noch deutlich zu sehen. Justus runzelte die Stirn. Wieder streifte ihn das Gefühl, dass hier irgendetwas nicht stimmte. Wieder gelang es ihm nicht, es zu fassen.

Krankenbesuch

Als sich die automatischen Türen öffneten und der Zweite Detektiv den Eingangsbereich des Rocky Beach Memorial Hospital betrat, empfing ihn angenehm kühle Luft. Er hatte sich mit dem Rasenmähen beeilt und war entsprechend verschwitzt. An seiner Jeans waren Grasflecken. Nicht gerade ideal für einen Krankenbesuch, aber daran konnte er jetzt nichts ändern. Notdürftig fuhr er sich durchs Haar, bevor er an den Empfangstresen trat. Dort saß eine Frau mittleren Alters mit schwarzem Haar und braunen Augen, aus denen sie ihn skeptisch musterte. Peter entzifferte den Namen, der auf dem Schildchen an ihrem weißen Kittel stand: *Maria Esposito.*

»Verzeihung, ich möchte zu Mr Bishop Blake. Der wurde gestern eingeliefert.«

Die Empfangsdame wandte sich wortlos an ihren Computer und tippte eine Weile auf der Tastatur herum, bevor sie sagte: »Mr Blake kann noch keinen Besuch empfangen.« Dabei war ihr Blick so vorwurfsvoll, als wäre das Peters Schuld.

»Geht es ihm so schlecht?«, erkundigte sich Peter.

»Er wurde angefahren und liegt im Krankenhaus«, erwiderte Maria Esposito, ohne eine Miene zu verziehen.

»Ja, natürlich, ich … Wie schlecht geht es ihm denn?«

»Bist du ein Verwandter?«
»Nein.«
»Dann kann ich darüber keine Auskunft geben.«
»Aber ich bin ein Quasi-Verwandter!«, fügte Peter hinzu und bemühte sich, es so klingen zu lassen, als hätte er das sowieso gerade erzählen wollen.
Mrs Espositos Blick blieb vorwurfsvoll, lediglich ihre linke Augenbraue hob sich leicht. »Ein Quasi-Verwandter?«
»Ja, ein angeheirateter Verwandter. Ich bin der Sohn der Frau des … Cousins … von Mr Blake. Also von Bishop. Meinem Onkel. Meinem … sogenannten Onkel. Onkel Bishop. So nenne ich ihn. Obwohl er ja gar nicht mein richtiger Onkel ist.« Peter lächelte sein bestes Netter-Junge-von-nebenan-Lächeln.
»Ich verstehe … quasi. Also, deinem nicht richtigen Onkel geht es nicht richtig gut, ich kann dich leider nicht richtig zu ihm lassen.« Sie glaubte ihm offensichtlich kein Wort.
»Liegt er auf der Intensivstation?«
Die linke Augenbraue hob sich noch ein bisschen stärker. Mehr bedurfte es nicht als Antwort.
»Okay«, murmelte Peter kleinlaut, »dann … komme ich vielleicht morgen noch mal wieder …«
»Oder übermorgen«, schlug Mrs Esposito vor. »Da habe ich frei. Vielleicht hast du dann mehr Glück.«
Peter nickte, drehte sich um und ging. Als er draußen vor der Glastür stand, war er unsicher, was zu tun war. Einen Krankenhausbesuch ohne Ergebnisse würde Justus ihm nicht

durchgehen lassen. Entweder Peter dachte sich eine überzeugende Ausrede aus oder er versuchte doch noch irgendwie, zu Mr Blake vorzudringen. Nur wie?
Während der Zweite Detektiv darüber nachdachte, nahm er aus dem Augenwinkel plötzlich hektische Betriebsamkeit hinter der Glastür wahr.
Ein Pfleger war bei Mrs Esposito am Empfang erschienen und redete auf sie ein. Die ließ plötzlich alles stehen und liegen und verließ ihren Posten.
Jetzt oder nie!
Peter kehrte ins Gebäude zurück, steuerte auf den Tresen zu und sah sich um. Außer ein paar abwesend aus dem Fenster blickenden Patienten in einer kleinen Sitzecke war niemand in der Nähe. Der Zweite Detektiv sprang elegant über den Tresen und warf einen Blick auf den Computerbildschirm. Er hatte Glück. Die Seite mit Bishop Blakes Daten war noch aufgerufen. Eilig überflog er die Informationen, bis er die Zimmernummer gefunden hatte: Station drei, Zimmer elf.
Er hechtete zurück, warf einen Blick auf die Wegweiser, die von der Decke hingen, und eilte los.
Wenige Minuten später hatte er Station drei erreicht. Zimmer elf, hier war es. Peter blickte sich noch einmal um, doch außer ihm war niemand in diesem Flur. Vorsichtig drückte er die Klinke hinunter und schlüpfte durch die Tür.
Es war ein Einzelzimmer. In einem großen weißen Bett lag ein kleiner Mann mit weißem Haar, den Peter ohne die Brille und den Hut kaum als Bishop Blake wiedererkannte.

Doch das Klemmbrett am Fußende des Bettes verriet ihm, dass er im richtigen Zimmer war.
Mr Blake schlief. Aus seinem Unterarm ragte ein Infusionsschlauch. Der Nachttisch war leer bis auf Mr Blakes Brille, es gab keine Blumen oder Süßigkeiten. Anscheinend hatte er noch keinen Besuch gehabt.
Unschlüssig stand Peter am Fußende des Bettes, betrachtete den schlafenden Mann und fühlte sich unwohl. Was sollte er jetzt tun? Ihn wecken? Durfte er das einfach so? Was, wenn Mr Blake sofort nach der Schwester klingelte? Oder war er dafür zu schwach?
Aber es half ja nichts. Irgendetwas musste er tun. Also zog er einen Stuhl heran und setzte sich zu Mr Blake ans Bett. Sein Portemonnaie drückte in der Gesäßtasche. Peter nahm es heraus und legte es auf den Nachttisch. Dann sagte er leise: »Mr Blake? Können Sie mich hören?«
Nichts.
»Mr Blake?«, versuchte Peter es lauter.
Bishop Blakes Lider fingen an zu flattern. Mit einem Seufzen schlug er die Augen auf und blickte zur Decke.
»Wie geht es Ihnen, Mr Blake?«, versuchte Peter, die Aufmerksamkeit auf sich zu lenken. »Bitte erschrecken Sie nicht. Ich bin hier, weil ich Sie etwas fragen möchte. Können Sie sprechen?«
»Wer … bist du?«, brachte Blake mit schwacher Stimme hervor.
»Mein Name ist Peter Shaw«, sagte Peter. »Ich war gestern bei der Versteigerung. Ich bin ein Freund des Jungen, der

Ihnen das Schachspiel eingepackt hat. Wissen Sie, was passiert ist, nachdem Sie die Versteigerung verlassen haben?«

Blake runzelte die Stirn. »Jemand hat mich … angefahren.«

»Das stimmt, Sir. Können Sie sich an den Unfall erinnern?«

Mr Blake schloss die Augen. Ob aus Schwäche oder um seine Erinnerung wachzurufen, vermochte Peter nicht zu sagen. »Es gab einen schrecklichen Knall … ich bin durch die Luft geflogen … mehr weiß ich nicht.«

»Haben Sie den Wagen gesehen oder den Fahrer?«

»Nein.« Blake wandte den Blick zum Nachttisch. »Meine Brille …« Peter reichte sie ihm und stellte das Kopfteil des Krankenhausbettes hoch, sodass Mr Blake aufrecht sitzen konnte. Irritiert sah Blake sich im Zimmer um. »Das Schachspiel … wo ist es?«

»Das weiß ich leider nicht. Deswegen bin ich hier. Das Schachspiel ist verschwunden.«

Blake riss die Augen auf und keuchte erschrocken. »Verschwunden?«

»Bitten regen Sie sich nicht auf, Mr Blake«, sagte Peter.

»Wieso verschwunden?«

»Vielleicht hat der Mann, der bei der Versteigerung mitgeboten hat, es gestohlen. Das vermuten wir jedenfalls. Meine Freunde und ich sind nämlich Detektive und ermitteln in diesem Fall.« Peter zog eine ihrer Visitenkarten hervor und reichte sie Mr Blake.

Die drei Detektive
Wir übernehmen jeden Fall
???
Erster Detektiv:
Justus Jonas
Zweiter Detektiv:
Peter Shaw
Recherchen und Archiv:
Bob Andrews

Doch der warf nur einen kurzen Blick auf die Karte und legte sie dann auf den Nachttisch.
»Ich muss etwas unternehmen«, sagt Blake halb ängstlich, halb grüblerisch. »Dringend!«
»Daraus wird nichts, fürchte ich«, bemerkte Peter. »Man wird Sie hier nicht so schnell entlassen. Aber wir können Ihnen helfen. Wie gesagt, wir versuchen sowieso schon, den Täter ausfindig zu machen.«
Blake blinzelte ihn durch seine Brille hindurch an und betrachtete Peter lange, als versuchte er herauszufinden, ob er ihm trauen konnte. Dann nickte er.
»Wissen Sie, wer der Mann auf der Versteigerung war?«
»Nein. Ich habe ihn noch nie gesehen.«
»Tatsächlich? Ich dachte, sein Name könnte vielleicht Sam Chiccarelli gewesen sein.«
Ein unstetes Flackern huschte über Blakes Gesicht. »Sam … Chiccarelli?«
»Ja. Diesen Namen haben Sie meinem Freund Justus zugeflüstert, kurz bevor Sie ohnmächtig wurden.«

»Ich kenne niemanden mit diesem Namen. Dein Freund muss sich verhört haben. Hör zu, Junge … Peter … das Schachspiel ist wichtig für mich. Sehr wichtig, verstehst du? Ich muss es wiederhaben.«

Peter nickte. »Das haben wir uns schon gedacht. Sonst hätten Sie nicht so viel Geld dafür bezahlt. Es muss sehr wertvoll sein.«

Mr Blake schüttelte unwillig den Kopf. »Du verstehst nicht. Es ist mehr als wertvoll. Mein Leben hängt davon ab!«

»Wie bitte? Ihr Leben? Aber warum denn?«

Bevor Mr Blake antworten konnte, öffnete sich plötzlich die Tür und ein großer Mann mit blonden, lichten Haaren und in einem weißen Arztkittel kam herein. Über seine randlose Brille hinweg blickte er Peter überrascht an. Ein seltsamer Zug umspielte seinen Mund, doch das kam vielleicht nur von der kleinen Narbe, die über die Oberlippe bis zur Nase reichte. Vermutlich der Überrest einer operierten Hasenscharte oder wie immer man das politisch korrekt nannte.

»Nanu? Ich dachte, Mr Blake dürfe noch keinen Besuch empfangen.«

»Das … äh … stimmt«, sagte Peter und erhob sich rasch vom Stuhl. »Aber die Dame am Empfang war so nett, eine Ausnahme für mich zu machen. Damit ich nach meinem … Onkel sehen kann.«

»Tatsächlich? Mrs Esposito macht normalerweise keine Ausnahmen.«

»Es war auch bloß ein Kurzbesuch!«, versicherte Peter eilig. »Ich bin schon wieder weg.«

Plötzlich packte Bishop Blake ihn unerwartet fest am Handgelenk und zog ihn dicht zu sich heran. »Helft mir bitte!«, flüsterte er. »Findet das Schachspiel!«
Peter, der die Blicke des Arztes im Rücken spürte, nickte knapp. »Alles klar. Gute Besserung, Onkel Bishop. Ich melde mich bald. Du kannst mich ja anrufen!« Er wies auf die Visitenkarte und nickte dem Mann verschwörerisch zu.
»Wärst du dann so freundlich, den Raum, in dem du nichts zu suchen hast, zeitnah zu verlassen?«, fragte der Arzt. Peter hatte das deutliche Gefühl, dass er nicht mehr lange ein Auge zudrücken würde.
»Ja, Verzeihung.« Unter dem strengen Blick des Arztes ging er aus dem Krankenzimmer.
Draußen auf dem Flur fluchte er leise vor sich hin. Noch ein bisschen länger und er hätte bestimmt mehr in Erfahrung bringen können. Warum musste dieser blöde Arzt auch ausgerechnet jetzt auftauchen? Peter überlegte, ob er einfach warten sollte, bis der Arzt wieder gegangen war. Aber wenn er noch einmal erwischt wurde, dann war es wahrscheinlich vorbei mit der Nachsicht und Peter würde nie wieder einen Fuß in dieses Krankenhaus setzen dürfen.
Der Zweite Detektiv beschloss, für heute aufzugeben und zurück zum Schrottplatz zu fahren. Doch als er auf den Fahrstuhl wartete, fiel ihm auf, dass etwas fehlte.
Seine Geldbörse. Er war so damit beschäftigt gewesen, eilig zu verschwinden, dass er sie auf Mr Blakes Nachttisch hatte liegen lassen. Es half nichts, er musste noch einmal zurück.
Er kehrte um und beschloss, einfach schnell reinzuhuschen,

das Portemonnaie zu schnappen und wieder zu verschwinden. Ohne zu klopfen, trat er leise ein – und sah den Arzt drohend über Mr Blake gebeugt, die Hände links und rechts seines Kopfes auf das Bettgestell gestützt. Er hatte Peters Eintreten nicht bemerkt.

In Bishop Blakes Augen lag nackte Angst, als der Arzt ihm mit hasserfüllter Stimme zuraunte: »Ich warne Sie genau ein Mal, alter Mann: Lassen Sie alles, was mit dem Schachspiel zu tun hat, auf sich beruhen, sonst …«

Bishop Blakes Blick fiel über die Schulter des Mannes hinweg auf Peter und der Arzt erkannte, dass jemand ins Zimmer gekommen sein musste.

Die Zwillinge hinter dem Fliegengitter

Eudora Kretchmer lebte mit ihrer Familie in einem der vornehmeren Viertel von Rocky Beach in einem strahlend weißen Haus mit ebenso strahlend weißer Veranda. Im prachtvollen Vorgarten, für den Eudora Kretchmer einmal einen Preis gewonnen hatte, explodierten die Farben geradezu: Hortensien, Goldregen und Kalifornischer Flieder standen in voller Blüte. Der Rasen war so akkurat geschnitten, dass Justus für eine Sekunde glaubte, er wäre gar nicht echt. Aber das war er natürlich.

Der Erste Detektiv strich sich die Haare glatt und atmete noch einmal tief durch, bevor er an der Tür klingelte.

Nichts passierte.

Justus klingelte erneut.

Die innere Tür öffnete sich und hinter dem Fliegengitter erschienen zwei etwa zehnjährige, genau gleich aussehende Mädchen in rosa Kleidern und mit blonden Zöpfen.

»Hallo«, sagte Justus irritiert. »Ihr beide seid bestimmt Purity und … ich meine Chastity und Charity.«

»Ich bin Chastity«, sagte das linke Mädchen. »Und wir dürfen niemanden reinlassen.«

»Wir dürfen auch mit niemandem reden, sagt Mama«, fügte Charity hinzu. »Wenn man mit Fremden redet, kann das böse enden.«

»Ihr müsst auch nicht mit mir reden«, sagte Justus, »denn ich möchte eigentlich zu eurer Mutter.«

»Die ist nicht da«, sagte Chastity bestimmt. Und schon war die Tür wieder zu.

Justus klopfte noch einmal. Nichts rührte sich. Doch Charity und Chastity standen bestimmt noch hinter der Tür. »Wo ist denn eure Mutter?«, fragte Justus laut.

»In der Kirche«, drang Chastitys Stimme durch die geschlossene Tür.

»Wir *dürfen* nicht mit dem reden!«, zischte ihre Schwester.

»Aber wir kennen ihn doch! Das ist der Junge von der Müllkippe.«

»Aber Chastity …« Das Mädchen senkte seine Stimme, trotzdem konnte Justus noch alles verstehen. »Womöglich passiert dann wieder was Schlimmes wie beim letzten Mal!«

Justus hörte, wie sich die Zwillinge von der Tür wegschlichen. Sie würden nicht mehr mit ihm reden, da war er ziemlich sicher. Der Erste Detektiv zuckte mit den Schultern und war schon auf dem Weg zurück zu seinem Fahrrad, da hielt ein strahlend weißer Kombi vor dem Haus und das Ehepaar Kretchmer stieg aus. Mr Kretchmer hatte einen schwarzen Sonntagsanzug an. Eudora Kretchmer trug ein hochgeschlossenes, langes, cremefarbenes Kleid, das sie noch dünner aussehen ließ, als sie sowieso schon war. Unter ihrem weißen Sommerhut saß die Dauerwelle wie betoniert. Über den Rand ihrer großen Brille hinweg musterte sie den Ersten Detektiv abschätzig.

»Das Fahrrad kannst du aber nicht einfach mitten in die Einfahrt stellen!«, waren statt einer Begrüßung ihre ersten Worte. »Da kommt man ja überhaupt nicht mehr vorbei! Und geputzt werden dürfte es auch mal wieder, hat deine Mutter dir das noch nicht gesagt? Ach, du hast ja keine mehr, Justus.« Sie wandte sich an ihren Mann. »Da sieht man mal wieder, was aus den Kindern wird, wenn es an elterlicher Fürsorge fehlt.«

»Ja, Liebes.«

»Und was Mathilda Jonas für eine angemessene Erziehung hält ... na ja, darüber müssen wir ja nicht reden. Weißt du, wann ich sie das letzte Mal in der Kirche gesehen habe?«

»Nein, Liebes.«

»Ich auch nicht.«

Obwohl sie eigentlich zu ihrem Mann gesprochen hatte, war es auch laut genug für Justus gewesen, genau genommen laut genug für die halbe Straße. Dann stolzierte Mrs Kretchmer auf ihn zu.

»Und nun zu dir: Was willst du? Ich habe gar keine Zeit. Um Punkt zwölf essen wir zu Mittag und der Braten ist noch nicht im Ofen, am Nachmittag muss ich mich um den Garten kümmern, der ja wirklich schlimm aussieht, und am Abend haben wir eine äußerst wichtige Versammlung vom Frauenclub. Es geht um die Dekoration für das Gemeindefest an Thanksgiving. Marcie Bronkowitz hat doch tatsächlich vorgeschlagen, es solle alles in Grün und Weiß gehalten werden. Grün und Weiß! Zu Thanksgiving! Ist das zu fassen? Du wirst einsehen, dass ich da nicht fehlen kann.«

»Selbstverständlich«, beeilte sich Justus zu sagen. »Grün und Weiß sind vollkommen indiskutabel. Ich möchte Ihre kostbare Zeit auch gar nicht lange stehlen, sondern Sie nur kurz fragen, was Sie mir über Irene Hammontree sagen können.«

»Ach, bist du wegen des Einbruchs hier? Das hätte ich mir ja denken können. Spielst du immer noch Detektiv mit deinen Freunden? Aber wer hat denn da schon wieder getratscht, dass ihr jetzt schon davon wisst? Ich habe doch nur mit Maud Espenson, Mrs Hudson, den Kramers, den Meyers, den Jacksons und Marcie Bronkowitz darüber gesprochen.«

»Einbruch?«, fragte Justus vorsichtig nach.

»Na, der Einbruch bei Irene! Oder besser gesagt: in Irenes Haus. Irene ist ja tot, das arme Ding.«

»Mrs Kretchmer, es wäre furchtbar nett von Ihnen, wenn Sie mir mehr darüber erzählen könnten. Und über Mrs Hammontree.«

In Eudora Kretchmers Innerem rangen zwei Kräfte miteinander, was deutlich an ihrem Gesicht abzulesen war. Einerseits wollte sie unbedingt wie jeden Sonntag um Punkt zwölf das Essen auf den Tisch bringen. Andererseits offenbarte sich hier eine Gelegenheit, ein paar Geheimnisse über ihre verstorbene Nachbarin weiterzutratschen, die sie sich nicht entgehen lassen konnte.

Die Klatschsucht siegte.

»John, sei doch so gut, geh schon mal rein und heiz den Backofen vor, ja? Ich komme gleich nach.«
John gehorchte und Mrs Kretchmer blickte den Ersten Detektiv streng an. »Aber nur fünf Minuten!«
»Selbstverständlich«, sagte Justus.
Sie setzten sich in die weißen Gartensessel mit den rosa geblümten Polstern auf der Veranda und Eudora Kretchmer begann zu erzählen.
Aus dem Augenwinkel bemerkte Justus irgendwann, wie sich hinter der Fliegentür zwei kleine Gestalten bewegten. Chastity und Charity belauschten das Gespräch offenbar. Doch Justus verriet sie nicht.
»Also, Irene war meine Nachbarin seit … wie lange jetzt schon? Zwanzig Jahren? Na, jedenfalls eine ganze Weile. Sie wohnte da drüben.« Mrs Kretchmer wies auf ein Haus schräg gegenüber, das ähnlich nobel wirkte wie ihr eigenes, wenngleich der Vorgarten nicht ganz so viel hermachte, sondern sogar eher ein bisschen verwildert aussah. »Sie war eine etwas einfältige Person, ist auch nie zur Kirche gegangen und hatte kaum Kontakt zu ihren Nachbarn. Dass sie in dieser Gegend wohnte, lag auch nur daran, dass sie reich geheiratet hatte, ihr Mann war Unternehmer. Aber der ist nun auch schon seit zehn Jahren tot.« Sie senkte ihre Stimme und beugte sich verschwörerisch vor. »Marcie Bronkowitz – die wohnt dort vorn – hat sie allerdings zufällig mal in Santa Monica gesehen, wie sie sich mit einem anderen Mann getroffen hat! Und da lebte ihrer noch! Ja, ja, stille Wasser sind tief … Aber sieh dir einfach ihren Garten

an! Am Garten eines Menschen erkennst du, mit wem du es zu tun hast, sage ich immer. Hat deine Tante eigentlich immer noch keinen?«

Justus brauchte einen Moment, um mitzubekommen, dass Mrs Kretchmer ihm eine Frage gestellt hatte. »Sie hat ein kleines Kräuterbeet und ein bisschen Gemüse. Und Blumen auf der Veranda.«

»Ja, ja, Mathilda Jonas war schon immer sehr … pragmatisch. Wo war ich stehen geblieben?«

»Bei Irene Hammontree«, sagte Justus.

»Ja, richtig. Irene. Sie war nicht mehr die Jüngste und sie hatte niemanden hier in der Gegend, also habe ich mich als gute Nachbarin ein bisschen um sie gekümmert. Das ist ja selbstverständlich. Als sie krank wurde, hat sie testamentarisch verfügt, dass ihr Besitz unserer Kirchengemeinde gespendet werden soll. Mich hat sie gebeten, alles zu regeln, wenn es mal so weit ist. Tja, und dann ging es schneller, als wir alle dachten: Eines Morgens ist sie einfach nicht mehr aufgewacht. So einen Tod wünscht man sich doch, nicht wahr?« Sie seufzte und blickte versonnen auf die Straße. »Ich bin zusammen mit ein paar Damen vom Frauenclub einmal durch ihren Haushalt, um die interessanten Sachen für den nächsten Basar auszusortieren, und für den Rest habe ich deinen Onkel angerufen.«

»Hatte sie denn keine Verwandten?«, erkundigte sich Justus.

»Es gab da einen Neffen, glaube ich, aber zu dem hatte sie kaum Kontakt. Ich habe ihn das erste Mal auf der Beerdigung gesehen. Dein Onkel hat den ganzen Krempel jedenfalls zum Glück sofort abgeholt, denn die Schwester meines Mannes hatte schon länger ein Auge auf das Haus geworfen und das muss ja erst mal leer geräumt sein, bevor es verkauft werden kann. Aber wenn alles klappt, dann macht der Makler schon nächste Woche den Vertrag fertig.« Mrs Kretchmer strahlte ihn vollkommen schamlos an.

»Wie schön für Sie«, brachte Justus heraus. Damit war wenigstens die Frage geklärt, warum die Haushaltsauflösung so rasch nach Mrs Hammontrees Tod vonstattengegangen war. »Und von was für einem Einbruch sprachen Sie vorhin?«

»Ach so, ja, der Einbruch! Ich war heute Morgen noch einmal drüben, weil ich nicht ganz sicher war, ob ich gestern das Licht im Keller ausgeschaltet hatte, und da war doch tatsächlich die Vordertür aufgebrochen! Es ist nichts gestohlen worden, da war ja auch nichts mehr, aber ich habe natürlich trotzdem die Polizei gerufen. Aber die hat überhaupt nichts gemacht. Einen ›ganz gewöhnlichen Einbruch‹ nannten die Polizisten das. Da habe wohl jemand die Todesanzeige in der Zeitung gesehen – die ist nämlich vorgestern erst erschienen, weil dieser Neffe es nicht für nötig hielt, überhaupt eine zu schalten, und da hat der Frauenclub sich erbarmt und selbst eine Todesanzeige in die Zeitung gesetzt ... wo war ich stehen geblieben? Ach ja, die Einbrecher haben wohl die Anzeige gesehen und sich gedacht, dass in dem Haus noch was zu holen sei. Konnte ja keiner wissen, dass es schon leer war. Aber was ist denn an einem Einbruch, bitte schön, ganz gewöhnlich, frage ich mich! In was für einer

Welt leben wir denn! Jetzt muss erst mal das Schloss erneuert werden, bevor meine Schwägerin einziehen kann!«
»Und Sie sind sicher, dass nichts gestohlen wurde?«
»Absolut sicher. Das Haus war komplett leer geräumt.«
Justus räusperte sich. »Unter den Sachen, die mein Onkel mitgenommen hat, war auch ein Schachspiel. Erinnern Sie sich daran?«
»Das Schachspiel! Oh ja, daran erinnere ich mich. Seltsam, dass du danach fragst.«
»Warum ist das seltsam?«
»Na, da stand doch dieser nette junge Mann bei mir vor der Tür, der sich nach Irenes Sachen erkundigt hat.«
Justus horchte auf. »War das zufällig ein großer, sportlicher Mann etwa Anfang dreißig mit dunklen Haaren?«
»Ach, du kennst ihn? Ja, der war hier, am Freitagabend.«
»Und fragte nach dem Schachspiel«, vermutete Justus.
»Nein, genau genommen nicht nach dem Spiel. Er fragte nur allgemein, ob Irene auch Sachen gehabt hätte, die irgendwas mit Schach zu tun haben. Mir fiel natürlich sofort das Schachspiel ein und ich habe ihn an deinen Onkel verwiesen.« Plötzlich schlug Eudora Kretchmer die Hand vor den Mund. »Ach herrje! Meinst du etwa, dass das der Einbrecher gewesen sein könnte?«
»Möglich«, murmelte Justus. »Andererseits … warum hätte er noch bei Mrs Hammontree einbrechen sollen, wenn er doch wusste, dass das Haus leer war?«
Das schien Mrs Kretchmer zu beruhigen. »Da hast du allerdings recht. Beinahe hätte ich das Spiel ja für den Basar

behalten, aber am Ende – wer von den Damen spielt schon Schach? Und es sah auch gar nicht wertvoll aus. Weiß der Himmel, warum Irene es versteckt hatte.«

»Es war versteckt?«, horchte Justus auf.

»Ja, habe ich das gar nicht erzählt? Im Wandschrank. Den haben wir erst mal ordentlich putzen müssen – besonders reinlich war die gute Irene ja nicht. Und dabei fiel uns ein alter Kleidersack in die Hände. Nur dass gar keine Kleider drin waren, sondern Irenes Kostbarkeiten. Unter anderem das Schachspiel. Sonderbar, nicht wahr?«

»Was waren das denn für Kostbarkeiten?«, fragte Justus.

»Ach, na ja, Kostbarkeiten … das war nur so dahergesagt. Ein bisschen Schmuck, aber nur billiger Kram, das haben wir gleich prüfen lassen. Ein paar Erinnerungsstücke, Muscheln und Steine und Krimskrams. Und noch ein Tagebuch und alte Postkarten. Das habe ich alles natürlich sofort weggeworfen, so was ist ja privat und geht niemanden etwas an. Na ja, und das Schachspiel eben. Aber wir haben es uns genau angesehen, es war völlig wertlos. Deshalb habe ich es ja deinem Onkel gegeben.«

In diesem Augenblick kam John Kretchmer aus dem Haus. Er wedelte aufgeregt mit der Sonntagszeitung. »Eudora, Liebes!«

»Nicht jetzt, John, hast du den Ofen eingeschaltet?«

»Ja, habe ich. Weißt du, was ich gerade gelesen habe?«

»Können wir nicht später darüber reden?«, bat Mrs Kretchmer ungehalten.

»Das Schachspiel, von dem du mir erzählt hast …«

»Was ist damit?«
»Titus Jonas hat es versteigert. Für siebentausend Dollar.«
Mrs Kretchmer lachte hell auf. »Aber das ist doch Unsinn, John!«
»Aber es steht in der Zeitung!« Er zeigte ihr die Schlagzeile.
Eudora Kretchmer hörte auf zu lachen und blickte fragend zwischen ihrem Mann und Justus hin und her.
»Es ist die Wahrheit«, sagte Justus ruhig.
»Wie bitte!?«
»Deswegen bin ich hier. Die drei ??? wollen herausfinden, was das Schachspiel so wertvoll macht.«
Doch das schien Mrs Kretchmer in diesem Moment überhaupt nicht zu interessieren. »Siebentausend Dollar!? Aber das muss ein Irrtum sein!«
»Ist es nicht. Ich war dabei.«
Mrs Kretchmer setzte sich aufrecht und ihre Miene versteinerte. »Das Geld gehört euch nicht, das ist hoffentlich klar. Ich habe Irene Hammontrees Nachlass geregelt, auf ihren Wunsch hin, das ist testamentarisch so verfügt. Alle Erlöse werden der Kirchengemeinde gespendet.«
»Mit dem Geld, das mein Onkel Ihnen für die Sachen, die Sie nicht haben wollten, gezahlt hat, können Sie natürlich machen, was immer Sie mit Mrs Hammontree vereinbart haben«, sagte Justus. »Die Erlöse, die *er* damit erzielt hat, haben damit jedoch nichts zu tun.«
»Aber ich wusste doch nicht, dass jemand so viel Geld für das Spiel bezahlen würde!«

»Ja.«
»Wie – ›ja‹?«
»Ja, da haben Sie recht. Das wussten Sie nicht.«
»Also bekomme ich das Geld zurück!«
»Nein.«
»Aber es steht mir zu!«
»Das beurteilen Sie leider falsch.«
»Wie redest du denn mit mir! Du bist ein sehr, sehr ungezogener Junge!«
»Eudora …«, versuchte ihr Mann, sie zu besänftigen.
»Halt dich da raus!«, fauchte sie ihn an. »Das werden wir noch sehen, wem das Geld gehört!« Sie stand ruckartig auf, sodass die Sesselbeine hässlich über den Verandaboden kratzten. Drohend hob sie ihren dünnen Zeigefinger. »Sag deiner Tante und deinem Onkel, dass das ein Nachspiel haben wird!« Damit rauschte sie zurück ins Haus. John Kretchmer brachte ein entschuldigendes Lächeln zustande, dann ließ auch er Justus einfach stehen.
Der Erste Detektiv wollte gerade zu seinem Fahrrad zurückkehren, da hörte er ein leises Stimmchen.
»Pst!«
Justus drehte sich um. Einer der Zwillinge stand schon wieder hinter dem Fliegengitter. Und zu seiner großen Überraschung winkte das Mädchen ihn heran. »Ich kann dir ein Geheimnis verraten!«
Justus musste in die Hocke gehen, um ihre nächsten Worte hören zu können. Verschwörerisch raunte sie ihm zu: »Da war *noch* ein Mann, der nach dem Schachspiel gefragt hat!«

Mehr konnte das Mädchen nicht erzählen, denn da hallte schon Eudora Kretchmers energische Stimme durchs Haus: »Charity! Chastity! Deckt den Tisch!«
Einen Augenblick später war das Mädchen verschwunden.

Sam Chiccarelli

Als der Arzt bemerkte, dass er mit Bishop Blake nicht allein im Raum war, wirbelte er herum und starrte Peter verblüfft an.

»Hilf mir!«, flehte Mr Blake leise und streckte die Hand nach Peter aus.

Der Zweite Detektiv überwand seinen Schrecken und trat beherzt auf den Mann zu. »Was machen Sie denn da! Lassen Sie Mr Blake in Ruhe!«

Peter sah, dass Bishop Blake hinter dem Rücken des Mannes nach dem Knopf tastete, mit dem man das Pflegepersonal rufen konnte.

Der Arzt bemerkte das und schlug Blakes Hand beiseite.

Das reichte. Peter packte den Mann bei der Schulter. Der reagierte blitzschnell. Mit unvermuteter Kraft schubste er den Zweiten Detektiv weg. Peter taumelte zurück und knallte mit dem Hinterkopf an die Zimmerwand. Sterne tanzten vor seinen Augen. Der Mann drängte sich an ihm vorbei Richtung Tür. Peter versuchte ihn festzuhalten – und hatte plötzlich nur noch den Kittel in der Hand. Schon war der Fremde aus der Tür. Peter atmete tief durch, bis die Sterne verschwanden. Mr Blake drückte den Rufknopf. Und Peter nahm die Verfolgung auf.

Als er auf dem Flur stand, sah er den Mann gerade noch um

die Ecke verschwinden. Peter sprintete los. Der Kerl würde ihm nicht entkommen! Den Flur hinunter, um die Ecke – und Peter stieß beinahe mit einem großen medizinischen Apparat zusammen, den eine Krankenschwester gerade auf einem Rolltisch vor sich herschob.

»He! Was fällt dir ein!« Doch Peter rannte einfach an der Schwester vorbei und ignorierte die empörten Rufe. Der Flur lag verlassen vor ihm, nur eine alte Frau schlurfte im Morgenrock umher, während sie sich an einem Gestell auf Rollen festhielt, an dem ein Tropf hing.

»Wo ist er?«, rief er ihr schon von Weitem zu.

»D… da …«, stammelte die alte Dame und zeigte auf die Tür zum Treppenhaus, die gerade ins Schloss fiel. Der Zweite Detektiv stieß sie auf. Das Treppenhaus war neonbeleuchtet und ganz aus Beton. Er hörte den Widerhall eiliger Schritte. Von oben oder unten? Das war schwer auszumachen. Aber wenn der Täter flüchten wollte, dann natürlich nach unten. Peter sprang die Treppen hinunter, nahm vier Stufen auf einmal und hechtete über das Geländer auf den nächsten Treppenabschnitt.

Er war schon eineinhalb Stockwerke weit gekommen, als er seinen Irrtum bemerkte. Er hörte nämlich das Quietschen einer Tür. *Über* ihm.

Peter fluchte, drehte um und sprintete die Stufen hinauf. Die Station, auf der Mr Blake lag, war im vorletzten Stockwerk. Die Tür, die er gehört hatte, konnte nicht im letzten Stockwerk gewesen sein – das hätte der Täter viel früher erreicht. Also musste er aufs Dach geflohen sein. Peter rannte nach ganz oben. Dort gab es nur eine weiße, schmucklose Stahltür. Er drückte sie auf und stand auf dem kiesbedeckten Flachdach des Krankhauses. Niemand war zu sehen. Aber Peter hörte vom südlichen Rand des Daches her etwas klappern und rattern. Eilig lief er darauf zu. Hier gab es tatsächlich noch eine alte Feuertreppe! Von der Dachkante aus sah Peter, wie tief unter ihm das letzte Stück der Treppe hinunterklappte, der Flüchtende auf den Boden sprang und Richtung Parkplatz lief. Es hatte keinen Sinn mehr, ihn zu verfolgen. Peter würde den Vorsprung niemals aufholen. Stattdessen kniff er die Augen zusammen, um zu beobachten, was der Mann tat.

Er sprang in einen alten, dunkelgrünen Pick-up, doch der Wagen war viel zu weit weg, um das Nummernschild erkennen zu können. Peter sah ihm nach, bis er mit quietschenden Reifen den Parkplatz verlassen hatte und in Richtung Hauptstraße verschwunden war.

Der Zweite Detektiv gab sich einen Moment, um zu verschnaufen. Sein Blick fiel auf den Arztkittel, den er noch immer in der geballten Faust hielt. Ein Name war darauf eingestickt: *Carson Brewer, M. D.*

Nachdem Peter und Justus gegangen waren, verbrachte Bob eine Viertelstunde am Computer in der Zentrale und durchforstete das Internet nach Sam Chiccarelli. Er probierte unterschiedliche Schreibweisen für »Chiccarelli« aus – und fand genau einen Mann mit diesem Namen in der Umgebung, und zwar in den Bergen nördlich von Malibu, eine knappe halbe Autostunde von Rocky Beach entfernt. Bob notierte sich die Adresse, prägte sich die Route ein, verließ die Zentrale und fuhr mit seinem alten gelben VW-Käfer auf die Küstenstraße Richtung Malibu.

Kurz vor der Abzweigung Richtung Norden hielt er vor einem Blumenladen, kaufte einen kleinen Strauß und ließ ihn sich in Zellophan einwickeln. Dann verließ er die Stadt und fuhr auf der Kanan Dume Road in die Berge, wo der Verkehr deutlich nachließ. Die Straße schlängelte sich die trockenen Hügel hinauf, vorbei an Platanenwäldchen, kleinen Weinbergen und Orangenhainen. Kaum jemand wohnte hier. Doch diejenigen, die sich ein Haus in den Bergen leisten konnten, hatten meist auch eine schmale private Zufahrtstraße, die zu ihrem Anwesen hinaufführte.

Sam Chiccarelli war offenbar einer von ihnen. Bob verpasste beinahe die Abzweigung, die noch höher in die Berge hinaufführte. Er folgte der immer enger werdenden Straße, bis sie sich in einen staubigen Feldweg verwandelte.

Bob beschloss, den Wagen stehen zu lassen und das letzte Stück zu Fuß zu gehen. Er setzte sich eine Schirmmütze auf, nahm den Blumenstrauß, stieg aus und folgte dem Feldweg. Zwei Minuten später stand er vor einem weiß getünchten Haus mit rotbraunem Ziegeldach, das halb im Schatten der Bäume ringsum stand. Es war ein Neubau, orientierte sich aber an den alten Gebäuden im spanischen Stil, die typisch für die Gegend waren. Hinter dem Haus blitzte das satte Grün eines großen Gartens hervor. Bob hörte das Geräusch der Rasensprenger und nahm den

schwachen Geruch von Chlor wahr. Offenbar gab es irgendwo auch einen Pool.
Er straffte die Schultern, trat auf die Haustür zu und drückte auf die Klingel.
Aus dem oberen Stockwerk gab es ein Rumpeln. Kurz bewegte sich hinter einem Fenster ein Schatten, dann hörte Bob Schritte auf einer Treppe. Während Bob wartete, fielen ihm deutliche Kratzer rund um das Türschloss auf. Als Bob den Schaden untersuchte, sah er, dass es geknackt worden war. Plötzlich schwang die Tür auf und ein großer, blonder Mann Anfang dreißig stand vor ihm. Bob bemerkte eine kleine Narbe an seiner Oberlippe. Über seine randlose Brille hinweg sah er Bob fragend an.
»Ja, bitte?«
»Guten Tag, Sir, sind Sie Mr Sam Chiccarelli?«
»Der bin ich.«
Bob hielt ihm den Blumenstrauß entgegen. »Jemand hat an Sie gedacht und Flowerpower Malibu schickt Ihnen diesen kleinen Blumengruß. Flowerpower Malibu bringt Freude in den Tag.«
»Tatsächlich? Reizend. Danke sehr.« Mr Chiccarelli nahm den Strauß an, nickte Bob freundlich zu und war im Begriff, die Tür wieder zu schließen.
»Ein Einbruch?«, fragte Bob hastig.
»Wie bitte?«
Der Dritte Detektiv wies auf die Spuren rund um das Türschloss. »Jemand hat die Tür aufgebrochen. Es ist noch nicht lange her, sonst hätten Sie das Schloss schon ersetzt.«

Nun hob Mr Chiccarelli erstaunt die Augenbrauen. »Das ist sehr klug beobachtet.«

»Ich hätte nicht gedacht, dass man hier draußen Angst vor Einbrechern haben muss. Ist denn etwas gestohlen worden?«

»Ich wüsste wirklich nicht, was dich das angeht, Junge.«

»Gar nichts natürlich«, meinte Bob. »Ist nur so eine Berufskrankheit.«

»Als Blumenbote?«

Bob konnte nicht einschätzen, ob Chiccarelli amüsiert oder verärgert war. Aber er musste einen Vorstoß wagen, bevor Chiccarelli ihm die Tür vor der Nase zuschlug. »Ich bin nicht nur Blumenbote, sondern auch Detektiv. Zusammen mit meinen Freunden.«

»Ein Detektiv, tatsächlich? Das klingt interessant. Und du klärst auch Einbrüche auf?«

»Das kann schon mal vorkommen. Einbrüche und andere Dinge. Oft werden wir engagiert, um verlorene Dinge wiederzufinden.«

»Ich verstehe. Verlorene Schlüssel und Brieftaschen sind zwar nicht gerade Sherlock-Holmes-mäßig, aber warum nicht. Die Besitzer freuen sich sicher.«

Bob nickte. »Manchmal sind es aber auch interessantere Dinge, die wir suchen. Schmuckstücke oder versteckte Botschaften oder so. Momentan suchen wir zum Beispiel ein Schachspiel.«

Bob beobachtete Mr Chiccarelli genau, doch er konnte keine besondere Reaktion an seinem Gesicht ablesen.

»Ein Schachspiel zu verlegen, muss man aber auch erst mal hinbekommen.«
»Es ist nicht verlegt worden, sondern gestohlen. Und ein Mann ist deswegen schwer verletzt im Krankenhaus gelandet. Er heißt Bishop Blake, sagt Ihnen der Name etwas?«
Bob bemerkte einen Moment zu spät, dass er mit diesem Satz endgültig preisgegeben hatte, nicht unbedingt wegen der Blumen hier zu sein. Aber jetzt war es zu spät.
Sam Chiccarelli sah ihn ausdruckslos an. Dann lächelte er.
»Warum sollte mir der Name denn etwas sagen?«
»Ach, nur so, hätte ja sein können.«
»Nein, das sagt mir nichts. Aber weißt du was? Ich glaube, du bist ein schlauer Bursche. Vielleicht sollte ich dich beauftragen. Es ist tatsächlich eingebrochen worden und du hast absolut recht, ich bin noch nicht dazu gekommen, das Schloss reparieren zu lassen, weil es nämlich erst letzte Nacht passiert ist. Warum kommst du nicht rein und siehst dich bei mir um? Vielleicht entdeckt dein geübtes Auge Spuren, die ich übersehen habe.«
Bobs innerer Alarm sprang von Grün auf Gelb. Er war allein. Er konnte diesen Mann nicht einschätzen. Niemand wusste, wo er war. Andererseits … Er war hier, um mehr über Sam Chiccarelli herauszufinden, und was war dafür besser geeignet, als sein Haus zu betreten?
»Na ja, eigentlich ermitteln wir im Team und ich muss gestehen, dass ich nicht der Geübteste von uns im Spurensuchen bin. Ich habe auch gar nicht viel Zeit. Die Blumen, wissen Sie …«

Sam Chiccarelli trat einen Schritt zurück, machte eine einladende Handbewegung und lächelte ihn an.

»Aber ich kann ja mal einen kurzen Blick riskieren«, rang Bob sich durch und trat ein.

»Sieh dich einfach ganz in Ruhe um«, schlug Chiccarelli vor, nachdem er ihn in das riesige Wohnzimmer geführt hatte, von dem aus man durch eine große Glasfront auf eine Terrasse sehen konnte. Dahinter lag in einem blühenden Garten der kleine Pool, den Bob schon gerochen hatte. Der Blick auf die umliegenden Berge war beeindruckend.

»Möchtest du etwas trinken?«

»Ein Glas Wasser vielleicht.«

»Kommt sofort.« Mr Chiccarelli verschwand durch eine breite Schiebetür in die angrenzende Küche, wo Bob ihn hantieren hörte.

Der Dritte Detektiv sah sich um. Die Möbel waren modern, mit viel Holz und weißen Oberflächen. Es gab einen offenen Kamin und keinen Fernseher.

»Was hat es denn mit diesem gestohlenen Schachspiel auf sich?«, erkundigte sich Mr Chiccarelli von nebenan.

»Das wissen wir selbst noch nicht so genau«, antwortete Bob ausweichend. Er sah sich nach einem Fluchtweg um, falls irgendetwas schieflief. Doch der Weg nach draußen führte an der Küche vorbei und die Terrassentür war geschlossen.

»Könnte ich vielleicht mal einen Blick auf die Terrasse werfen? Ich glaube … äh, ich habe da vielleicht was entdeckt.«

»Nur zu!«
Bob trat an die Glastür heran, zog sie auf und trat nach draußen. Die Terrasse lag erhöht und war von einer Metallbrüstung umgeben. Eine schmale Treppe führte hinunter in den Garten. Der Garten war von einem Zaun umgeben. Kein geeigneter Fluchtweg.
»Und? Was hast du hier draußen entdeckt?«
Bob zuckte zusammen, denn er hatte Mr Chiccarelli gar nicht kommen hören. Schnell beugte sich der Dritte Detektiv hinunter zu ein paar Krümeln Blumenerde auf der Terrasse. »Ach, ich habe mich getäuscht. Ich dachte, das wäre eine Fußspur. Es hätte ja sein können, dass der Einbrecher es erst über die Terrassentür versucht hat. Wie ich schon sagte: Spurensuche ist nicht so mein Fall.«
Chiccarelli drückte ihm lächelnd ein Glas Wasser in die Hand und sie kehrten ins Haus zurück. »Tja, vielleicht kannst du deine beiden Freunde mal mitbringen. Gemeinsam findet ihr vielleicht mehr heraus.«
Der gelbe Alarm sprang auf Rot. Bob hatte nichts von *zwei* Freunden gesagt.
»Ja, das mache ich. Aber jetzt muss ich wirklich los.«
»Du hast noch gar nichts getrunken«, stellte Chiccarelli fest und deutete auf das Glas in Bobs Hand.
Bob betrachtete es. Bildete er sich das ein oder war das Wasser darin ein wenig getrübt? So, als sei darin etwas aufgelöst worden …
»Ja, äh, danke, aber wenn ich mich jetzt nicht auf den Weg mache, bekomme ich Ärger mit meinem Chef.«

»Von Flowerdealer Malibu?«
»Genau.«
»Oder war es Flowerpower Malibu?«
Sam Chiccarelli schloss die Terrassentür und sein Lächeln erlosch.

Videoanalyse

Eine Sekunde lang starrten Sam Chiccarelli und Bob einander wortlos an.

Plötzlich rannte eine kleine, drahtige Frau vom Flur ins Wohnzimmer. Sie war mittleren Alters, hatte kurze graue Haare, trug einen Trainingsanzug – und stürmte wutentbrannt auf sie zu. Bob war so überrascht, dass er erst im letzten Moment zur Seite sprang. Chiccarelli war nicht schnell genug. Die Frau drehte sich auf dem linken Fuß und stieß den rechten mit einem Kampfschrei in Chiccarellis Bauch. Der Mann ging keuchend zu Boden. Die Angreiferin stürzte sich auf ihn. Chiccarelli riss ein Bein hoch und ließ sie über seinen Körper hinwegsegeln. Die Frau krachte gegen einen Polstersessel.

Das alles ging so schnell, dass Bob kaum wusste, wie ihm geschah.

Dann begriff er, dass es vor allem Chiccarelli geschah, nicht ihm. Und dass er verschwinden sollte, solange er noch konnte.

Bob drehte sich um und riss am Griff der Terrassentür. Der sich nicht bewegte.

»Du bleibst schön hier, Bürschchen!«, keuchte die Frau, während sie Chiccarelli einen Arm auf den Rücken drehte, bis dieser vor Schmerz schrie.

Bob dachte nicht daran. Andere Richtung, das war es! Bob schob die Tür auf und stürzte auf die Terrasse. Eine Flucht in den Garten brachte ihm nichts, denn der war umzäunt. Bob warf einen Blick über die Metallbalustrade. Die linke Seite der Terrasse befand sich genau über der Grundstücksgrenze. Unten, in mehr als zwei Metern Tiefe, standen dichte Büsche. Bob zögerte nicht lange, hechtete über die Brüstung und ließ sich ins Gestrüpp fallen. Äste und Dornen piksten durch sein T-Shirt und rissen ihm die Haut auf. Einen Moment lang sah es so aus, als würde Bob im Gebüsch feststecken, aber dann konnte er sich hinausrollen.

Ohne auf seine Kratzer zu achten, rappelte er sich auf, rannte auf die andere Seite des Hauses und zurück zum Feldweg. Das Letzte, was er aus dem Haus hörte, war der Schrei der Angreiferin. Offenbar hatte Sam Chiccarelli sich aus ihrem Griff befreien können.

Noch während er zur Straße zurücklief, zog Bob sein Handy aus der Tasche und wählte die Notrufnummer. »Hier spricht Bob Andrews!«, rief er keuchend. »Es gab einen Einbruch nördlich von Malibu! Zwei Leute sind gerade dabei, sich gegenseitig umzubringen!« Er nannte die genaue Adresse, dann legte er auf. Das mit dem Einbruch stimmte zwar nur so halb, aber egal – Hauptsache, jemand unternahm etwas. Jemand, der mit Judotritten und Karate-Rollen besser zurechtkam als Bob.

Endlich erreichte er seinen gelben Käfer. Bob sprang in den Wagen, ließ den Motor an, drehte um und gab Gas.

»Du glaubst nicht, was eben passiert ist!«, keuchte Peter, als er in die Zentrale stürmte. Justus erschrak nur deshalb nicht, weil er Peter schon gehört hatte. »Ich komme gerade aus dem Krankenhaus und da hätte der Arzt fast Bishop Blake erwürgt, aber es war natürlich gar kein Arzt, der Sportlehrer war es allerdings auch nicht, trotzdem habe *ich* den Ärger bekommen, nachdem er abgehauen war, aber wenigstens konnte ich sehen, was er für ein Auto fährt, einen dunkelgrünen Pick-up nämlich – wo ist Bob überhaupt?«
»Ich weiß nicht, wo Bob ist«, antwortete Justus betont langsam und deutlich. »Ich bin selbst gerade erst von Mrs Kretchmer zurückgekommen. Mein Vorschlag: Setz dich, nimm dir einen Keks, sammle deine Gedanken und versuch, deinen ereignisreichen Vormittag erneut zusammenzufassen.«
Peter verdrehte die Augen, doch er sammelte sich trotzdem. Und obwohl es gar keine Kekse gab, war er bald in der Lage, Justus einigermaßen sachlich zu erzählen, was im Krankenhaus geschehen war.
»Und als ich auf die Station von Mr Blake zurückkehrte, war da schon ein Riesenauflauf! Drei Schwestern und fünf Pfleger und die Oma mit dem Tropf, die behauptete, ich hätte sie fast umgerannt. Und ein Arzt, der sich als Doktor Brewer herausstellte, dem der Kittel geklaut worden war. Alle dachten natürlich, *ich* wäre der Böse. Und sie wollten nicht mit mir zusammen zu Mr Blake gehen, von wegen Schock und Aufregung und so, dabei hätte der die Sache ja sofort aufklären können. Mann, das hat echt gedauert,

bis die es begriffen haben. Aber Maria Esposito kam dann auch noch und erzählte, dass fünf Minuten nach mir noch jemand nach Mr Blake gefragt hätte, und die Beschreibung passte genau auf den falschen Arzt. Trotzdem wollten sie mich nicht zu Blake lassen. Ein Pfleger ist dann los und hat mein Portemonnaie aus seinem Zimmer geholt.« Peter verdrehte die Augen und ließ sich in den Sessel zurückfallen. »Das war vielleicht ein Tag!«

Kaum hatte Peter seinen Bericht beendet, da polterte Bob in die Zentrale. Unter dem zerrissenen und dreckigen T-Shirt war er völlig verschwitzt.

»Das war vielleicht ein Tag!«, verkündete er, stürzte zum Kühlschrank, riss ihn auf, nahm eine Dose Cola heraus und setzte sie sich an den Hals. Er trank und trank und trank, setzte ab, rülpste, dass die Wände bebten, und ließ sich in den letzten freien Sessel fallen.

»Mahlzeit«, sagte Peter. »Was ist denn mit dir passiert?«

»Ninja-Angriff. Ach so, du meinst das T-Shirt? Das war bloß irgendein Gestrüpp.«

Und nun war Bob an der Reihe zu erzählen.

Peter traute kaum seinen Ohren. »Das gibt's ja nicht! Das war der gleiche Typ wie bei mir!«

Bob runzelte die Stirn und der Zweite Detektiv konnte seine Geschichte gleich noch einmal loswerden.

»Der hatte wahrscheinlich begriffen, dass wir zusammengehören, als ich von unserem Detektivunternehmen erzählte«, überlegte Bob laut. »Da war ich aber noch völlig ahnungslos. Komisch kam er mir schon vor. Aber ich dachte, ich

bilde mir das ein. Als ich merkte, dass ich in Schwierigkeiten stecke, war es schon zu spät. Wenn diese Ninja-Frau nicht gewesen wäre …«
»Was hatte die da eigentlich zu suchen?«, fragte Peter. »Und wer war das?«
»Wenn ich das wüsste.«
»Rätselhaft ist auch, dass Bishop Blake erst Sam Chiccarellis Namen nannte, nachdem er angefahren worden war, Peter gegenüber jedoch behauptete, er habe ihn noch nie gehört«, bemerkte Justus.
»Zumindest wissen wir, dass Sam Chiccarelli nicht der Sportlehrer ist«, sagte Bob.
»Aber sie könnten zusammenarbeiten«, meinte Peter. »Chiccarelli hat den Sportlehrer engagiert, um Mr Blake anzufahren! Oder andersrum.«
»Nein, nicht andersrum«, widersprach Justus. »Denn das Tatfahrzeug war nicht der Pick-up, den du beobachtet hast, sondern ein dunkler Pontiac. Das weiß ich von Derek.«
»Oder es war die Ninja-Frau«, sagte Bob.
»Ebenfalls möglich«, gab der Erste Detektiv zu. »Uns fehlen definitiv noch ein paar Puzzleteile, um das alles zusammensetzen zu können. Zum Glück haben wir noch offene Spuren, die wir weiterverfolgen können.«
Nun berichtete der Erste Detektiv den anderen von seinem Besuch bei Mrs Kretchmer.
»Tja«, murmelte Peter. »Und wo sind da jetzt die Spuren?«
Bob nickte. »Im Grunde genommen hast du nur heraus-

gefunden, dass auch Mrs Hammontree das Schachspiel irgendwie wertvoll fand, sonst hätte sie es nicht versteckt.«

»Irrtum, ich habe deutlich mehr herausgefunden«, widersprach Justus.

»Ach ja?«

»Ja. Erstens wissen wir, dass letzte Nacht in Irene Hammontrees Haus eingebrochen wurde. Das mag ein Zufall gewesen sein, aber ich glaube nicht an Zufälle. Zweitens ist Mrs Kretchmer im Besitz einiger persönlicher Dokumente von Irene Hammontree.«

Bob und Peter blickten den Ersten Detektiv fragend an. »Was für Dokumente?«, wollte Bob wissen. »Davon hast du gar nichts gesagt.«

»Eudora Kretchmer erzählte mir, sie habe das Schachspiel in einem Kleidersack im Wandschrank gefunden. Zusammen mit einem Tagebuch und Postkarten, die sie angeblich sofort weggeworfen habe, weil sie ja niemanden etwas angehen.« Justus senkte die Augenbrauen. »Wer wirklich glaubt, dass Eudora Kretchmer das Tagebuch ihrer Nachbarin wegwirft, hebt jetzt die Hand.«

Alle Hände blieben unten.

»Und deshalb lohnt sich ein weiterer Besuch bei unserer Lieblingsfrauenclubvorsteherin. Möglichst, wenn sie selbst gar nicht da ist. Wie zum Beispiel heute Abend. Da werden nämlich die ungeheuerlichen Thanksgiving-Dekorationsvorschläge der Marcie Bronkowitz diskutiert.«

»Willst du etwa bei ihr einbrechen und das Tagebuch stehlen?«, fragte Peter erschrocken.

»Das wird nicht nötig sein. Prudence und Purity werden uns helfen.«
»Sie heißen Chastity und Charity«, sagte Bob.
»Das ist mir ganz egal.«
»Und warum sollten die Kretchmer-Zwillinge dir helfen?«
»Weil sie ein Geheimnis haben. Und dann gibt es noch das hier.« Justus zückte Dereks USB-Stick. »Wir sollten uns ansehen, was Derek gestern auf dem Schrottplatz gefilmt hat.«
Der Erste Detektiv startete den Computer, steckte den Stick ein und klickte die Filmdatei an. Gespannt blickten die drei ??? auf den Bildschirm.
Die Aufnahme begann, als das Duell um das Schachspiel gerade bei hundert Dollar angekommen war. Bishop Blake und der Sportlehrer boten sich gegenseitig höher und höher, während die Zuschauer immer aufgeregter wurden. Hin und wieder wurde das Geschehen von Derek mit Einwortsätzen wie »Krass!« oder »Hammer!« kommentiert. Aber die drei Detektive wussten natürlich, wie die Geschichte ausging, und versuchten daher, auf Details zu achten, die ihnen am Vortag vielleicht entgangen waren.
Bishop Blake gewann die Auktion und ging nach vorn, während der Sportlehrer das Schrottplatzgelände verließ. Danach hatte Derek eine Weile die Atmosphäre auf dem Schrottplatz gefilmt, die aufgeregt tuschelnde Menge und den Ansturm auf den Erfrischungsstand. Dann gab es einen Schwenk über den Zaun auf den Teil von Rocky Beach, den man von hier aus sehen konnte. Ganz in der Ferne glit-

zerte der Ozean zwischen den Häusern hervor, man hörte das Rauschen der Hauptstraße und den kaputten Auspuff eines vorbeifahrenden Autos.
Mr Blake tauchte noch einmal kurz am Rande des Bildes auf, gestützt auf seinen Spazierstock, den Karton mit dem Schachspiel unter dem Arm, unterwegs auf die Straße, doch Derek hatte das entweder nicht mitbekommen oder nicht für filmenswert befunden. Etwas später hörten sie die quietschenden Bremsen und den Knall, begleitet von einigen Wacklern, die Dereks Erschrecken geschuldet waren. Ein Motor heulte auf und entfernte sich bereits, als Derek die Kamera endlich auf die Straße richtete.
Da war der schwarze Pontiac, wie er die Sunrise Road hinabjagte und hinter der nächsten Biegung verschwand. Das Nummernschild war tatsächlich nicht zu erkennen. Dann kamen Peter und Justus ins Bild. Sie liefen sofort zum regungslosen Mr Blake und der Film endete.
»Also, was habt ihr gesehen?«, wandte sich Justus an seine Freunde.
»Na ja, nichts Neues eigentlich«, bekannte Peter.
»Dir ist also nichts aufgefallen, was uns weiterhelfen könnte?«
Peter schüttelte den Kopf und hatte das unbestimmte Gefühl, dass ihm etwas hätte auffallen *sollen*.
»Bob?«
Der Dritte Detektiv zuckte unbehaglich mit den Schultern. »Dir denn?«
Justus seufzte. »In der Tat. Unser mutmaßlicher Täter *ist*

ein Sportlehrer – Squash- oder Tennislehrer, um genau zu sein – und er ist unverheiratet und kinderlos, was für unsere Ermittlungen nicht ganz unwichtig ist.« Bob und Peter sahen einander an. Das war einer dieser Momente, in denen man nicht wusste, ob Justus einen Scherz machte oder es ernst meinte.

»Haha«, sagte Peter auf gut Glück.

Der Erste Detektiv verdrehte die Augen, sprang in der Aufnahme ein Stück zurück und ließ den Film in Zeitlupe ablaufen. Sie sahen zu, wie Onkel Titus den Hammer nach unten sausen ließ, wie die Menge in Jubel ausbracht und der Sportlehrer wütend aufstand, der Stuhl umkippte, der Mann seine Sporttasche nahm, sich umdrehte und auf den Ausgang zusteuerte. Derek war so nett gewesen, ihn ein paar Sekunden lang heranzuzoomen, um den Ärger in seinem Gesicht einzufangen, den man trotz Sonnenbrille deutlich erkennen konnte. Justus hielt das Bild an.

»Okay, die Tasche in seiner Hand ist eine Tennistasche«, stellte Peter fest.

»Oder Squashtasche«, präzisierte Justus.

»Na und? Ich habe auch eine zu Hause. Und trotzdem bin ich kein Tennislehrer.«

»Und sonst?«

»Nichts sonst.«

»Du siehst nicht genau hin«, tadelte Justus ihn. »Unter der Sportjacke trägt er ein weißes T-Shirt mit dem aufgedruckten Logo von Phoenix Sports, der Sportcenter-Kette aus Venice.«

»Seit wann kennst *du* dich mit Sportcentern aus? Warst du schon mal in einem?«

»Nein«, gab Justus freimütig zu. »Aber ich kenne auch das Logo von Paramount Pictures, obwohl ich noch nie in ihrem Filmstudio war.«

»Na schön, dann geht er halt ins Phoenix-Sportcenter zum Trainieren«, hielt Peter dagegen. »Dass der Mann Sport treibt, sieht man ja. Das macht ihn aber noch lange nicht zu einem Sportlehrer.«

»Wie viele Menschen kennst du, die tatsächlich im T-Shirt von ihrem Sportcenter zum Sport gehen?«, fragte Justus. »Diese T-Shirts tragen in den meisten Fällen nur die Menschen, die dort arbeiten, weil es ihre Arbeitskleidung ist.«

»Aber –«

»Und jetzt seht euch an, wie er sich bewegt!« Justus ließ den Film weiterlaufen.

»Er humpelt ganz leicht«, stellte Bob fest.

»Genau«, gab Justus ihm recht. »Es sieht so aus, als hätte er sich kürzlich verletzt. Irgendetwas an den Knien, wie es aussieht. Würde ein verletzter Sportler zum Training gehen? Zum Tennis, wenn das Knie nicht in Ordnung ist? Nein. Er *geht* aber zum Training, sonst hätte er seine Tennistasche nicht dabei. Also verdient er sein Geld damit, dass er *andere* trainiert. Und bevor ihr die nächste offenkundige Feststellung hinterfragt: Er trägt keinen Ehering, ist also unverheiratet, und Kinder hat er deshalb nicht, weil er sonst vermutlich nicht am Samstagnachmittag zur Arbeit fahren, sondern stattdessen die Vormittagsschichten während der Woche wählen würde, so wie die meisten Menschen mit einem Familienleben. Bewiesen ist das natürlich nicht, aber wahrscheinlich genug, um auf dieser Grundlage weitere Spekulationen anstellen zu können. Denn warum ist seine angenommene Kinderlosigkeit überhaupt relevant für uns? Weil wir dadurch mutmaßen können, dass er auch heute am Sonntag arbeitet.«

Justus überließ seine Freunde der Sprachlosigkeit, während er ins Internet ging und die Webseite von Phoenix Sports aufrief. Ein paar Klicks, dann griff er zum Telefonhörer und schaltete den Verstärker ein.

»Wen rufst du denn jetzt …«

»Phoenix Sports Venice, Susie Miller, einen schönen guten Tag.«

»Guten Tag, hier spricht Mark Hopper«, sagte Justus mit leicht verstellter Stimme. »Ich rufe an, um eine Tennistrainingsstunde abzusagen, ich bin leider krank geworden.«

»Bei wem trainierst du denn?«

»Tja, das ist mir jetzt ein bisschen peinlich … ich habe erst letzte Woche angefangen und den Namen meines Trainers vergessen.«

»Das ist natürlich schlecht«, sagte Susie Miller amüsiert, »aber das kriegen wir schon raus.«

»Ich weiß immerhin noch, wie er aussieht: ziemlich groß, dunkle Haare und, ach ja, er hatte wohl kürzlich eine Knieverletzung, hat er mir zumindest erzählt.«

»Ach, dann meinst du bestimmt Bradley. Warte, ich sehe

mal im Plan nach, dann können wir die Stunden umlegen. Wann hätte die denn sein sollen?«

»Heute Nachmittag um fünf.«

»Hm … seltsam … bist du sicher? Bradley fängt nämlich erst um sechs an, zur Spätschicht.«

»Ach ja, sechs Uhr, meine ich.«

»Aber das ist immer noch seltsam … für sechs steht hier nämlich eine Lucy in Bradleys Plan. Du bist nicht Lucy, stimmt's?«

»Nein, ich bin nicht Lucy. Ich muss mich geirrt haben.« Justus murmelte eine Entschuldigung, legte auf und wandte sich an Bob und Peter. »Tja, schade, ich hatte gehofft, sie würde mir auch den Nachnamen sagen. Wir müssen uns also wohl heute um halb sechs auf den Parkplatz des Phoenix-Sportcenters in Venice begeben und auf Bradley warten. Na ja, da kann man nichts machen. Ist vielleicht sowieso ganz schlau, dann können wir seinen Wagen gleich auf Unfallspuren untersuchen.«

Bob war der Erste, der seine Sprache wiederfand. »Just! Das war … echt beeindruckend!«

»Ich weiß.«

»Aber woher wusstest du, dass du in Venice anrufen musst?«, wollte Peter wissen. »Phoenix Sports hat mindestens vierzig Center im Großraum Los Angeles!«

»Auf Bradleys T-Shirt kann man, wenn man genau hinschaut, unter dem Logo der Kette noch zwei Buchstaben erkennen, die zum jeweiligen Center gehören: VE. Damit kamen nur Venice, Ventura und Vernon infrage. Die Webseite verriet mir, dass es in Vernon keine Niederlassung gibt. Also hatte ich eine Fifty-fifty-Chance. Der Rest war Glück.«

»Hast du gehört, Peter? Glück war auch dabei. Aber nur ein kleines bisschen.«

Das Telefon klingelte.

»Hoffentlich ist das nicht noch mal Susie Miller vom Sportcenter«, sagte Peter.

Doch Justus schüttelte den Kopf. »Die hat unsere Nummer nicht, sie wird unterdrückt, schon vergessen?« Er ging ran. »Justus Jonas von den drei Detektiven.«

Niemand meldete sich. Doch sie hörten jemanden atmen.

»Hallo, wer ist denn da?«

Jemand sprach mit dumpfer Stimme: »Hört auf, das Schachspiel zu suchen! Und haltet euch von Bishop Blake fern!«

»Wer sind Sie?«

»Jemand, der es ernst meint! Das nächste Mal stürzt jemand vom Dach oder kann nicht mehr über die Terrasse fliehen.«

Noch bevor Justus antworten konnte, hatte der Mann am anderen Ende aufgelegt.

Der verschwundene Großmeister

Das Phoenix-Sportcenter lag in einem Gewerbegebiet direkt hinter dem Hafen. Autohäuser, Waschstraßen, Fast-Food-Ketten und riesige Supermärkte buhlten mit bunten Schildern und Leuchtreklamen um Aufmerksamkeit. Das Center selbst war ein großer Betonklotz, in dem sogar ein Schwimmbad untergebracht war. Die oberste Etage war komplett verglast und man konnte von der Straße aus ein paar schemenhafte Gestalten auf Laufbändern und Crosstrainern erkennen. Der Parkplatz des Sportcenters war zu drei Vierteln leer. Peter stellte seinen MG so ab, dass sie sowohl die Parkplatzeinfahrt als auch den Eingang zum Sportcenter im Blick hatten. Es war genau halb sechs.

»Ich finde, wir riskieren gerade ganz schön viel«, murmelte Peter, während er die Einfahrt beobachtete. Er schnappte sich eine Baseballcap, die im Fußraum des Autos lag, setzte sie auf und zog sie tief ins Gesicht.

»Wir stehen auf einem Parkplatz«, bemerkte Justus. »Ich halte das für eines der weniger riskanten Unternehmen, die detektivische Ermittlungsarbeit zu offerieren hat.«

»Mann, du weißt genau, was ich meine, Just. Der Drohanruf vorhin … der war ernst gemeint! Woher hatte der überhaupt unsere Nummer?« Doch da fiel es Peter selbst ein:

»Die Visitenkarte. Ich hatte sie auf Mr Blakes Nachttisch gelegt. Sam Chiccarelli muss sie eingesteckt haben.«

»Da fährt ein Wagen zu den Mitarbeiterparkplätzen!«, zischte Bob. Ein alter, roter Cadillac war auf den Platz gerollt und röhrte an ihnen vorbei. Offenbar war der Auspuff kaputt. Der Fahrer parkte rasant vor der Gebäudewand und stieg aus. Er war groß und kräftig und trug eine verspiegelte Sonnenbrille – ohne Zweifel der Sportlehrer von der Versteigerung, Bradley. Er nahm seine Tennistasche vom Rücksitz, warf die Hintertür zu und ging in Richtung Haupteingang, was ihn direkt an Peters MG vorbeiführte. »Duckt euch!«, zischte Peter und versank im Fahrersitz.

»Meine Güte, Peter, geht's noch auffälliger?«, beschwerte sich Justus. »Jetzt hat er uns bemerkt.«

»Ist nicht dein Ernst, oder?«, wisperte Peter.

»Doch. *Jetzt guck da nicht auch noch hin*, Zweiter!«

Doch es war schon zu spät. Bradley warf einen Blick in ihren Wagen, runzelte die Stirn – und ging weiter.

Erst als die Eingangstür ins Schloss fiel, atmeten die drei Detektive auf.

»Der hat uns so was von bemerkt«, sagte Bob. »Du benimmst dich, als hätten wir noch nie jemanden beschattet.«

»'tschuldigung«, sagte Peter kleinlaut.

»Du darfst es wiedergutmachen«, schlug Justus vor.

»Wie denn?«

»Indem du dir Bradleys Wagen ansiehst. Der übrigens ebenfalls kein dunkler Pontiac ist, wie ich zu Protokoll geben möchte.«

»Bradley könnte Mr Blake aber trotzdem über den Haufen gefahren haben«, bemerkte Bob. »Es soll ja Leute geben, die zwei Autos besitzen. Oder sich eins leihen.«

»Hat er aber nicht.«

»Und woher weißt du das?«, fragte Peter.

»Darüber kannst du nachdenken, während du Bradleys Wagen untersuchst.«

»Wieso eigentlich schon wieder ich?«

»Du kannst am schnellsten laufen, wenn was schiefgeht.«

»Sehr witzig.«

Doch Peter fügte sich in sein Schicksal und stieg seufzend aus. So unauffällig wie möglich schlenderte er auf den roten Cadillac zu, sah sich noch einmal um und warf dann einen Blick durch die Seitenscheibe. Das Innere des Wagens war unaufgeräumt. Im Fußraum lagen leere Flaschen, Kaffeebecher und Knäuel von fettigem Papier, in das Hamburger eingewickelt gewesen waren. Am Rückspiegel baumelte eine kleine Schachfigur, eine weiße Dame, um genau zu sein.

Während Peter sich der Rückbank näherte, zwitscherte ganz in der Nähe ein Vogel. Seltsam, dachte Peter, das klang wie ein Rotbauchfliegenschnäpper, der Vogel, dessen Ruf die drei ??? manchmal als Geheimsignal gebrauchten. Peter hatte gar nicht gewusst, dass es den hier in der Gegend gab.

Als Peter die Spiegelung einer hünenhaften Gestalt im Seitenfenster bemerkte, begriff er endlich, doch da war es schon zu spät.

Eine eisenschwere Hand legte sich auf seine Schulter und riss ihn herum. Peter rutschte am Auto entlang, und ehe er sichs versah, lag er auch schon mit dem Rücken auf dem Kofferraumdeckel, heruntergedrückt vom linken Unterarm seines Angreifers. Peter versuchte blinzelnd, im Gegenlicht dessen Gesicht zu erkennen. Doch er sah vor allem sein eigenes angsterfülltes Antlitz, das sich in den Sonnenbrillengläsern spiegelte.

»Hab ich's mir doch gedacht, dass ihr Burschen da im Auto irgendwas plant«, knurrte Bradley. »Was soll das hier werden, hm? Autoradio klauen? Oder Sprit abzapfen? Antworte, Junge, oder ich brech dir ein paar Knochen!«

Peter wog seine Chancen ab. Vielleicht konnte er sich befreien und abhauen. Immerhin hatte Bradley ein verletztes Knie.

»Los!«

»Nichts ... nichts davon«, keuchte Peter. »Ich wollte nur ... einen Blick in Ihr Auto werfen.«

»Erzähl keinen Mist!« Bradley ballte seine Rechte zur Faust. Peter schloss die Augen und sah sich vor seinem inneren Auge schon mit gebrochener Nase.

»Lassen Sie ihn los!«, hallte die Stimme des Ersten Detektivs über den Parkplatz.

Bradleys Griff lockerte sich etwas. Er hatte sich zu Justus und Bob umgedreht, die nun eilig auf sie zukamen. »Legt euch nicht mit mir an, Jungs, ich werde locker mit euch fertig!«

»Ohne Zweifel«, antwortete Justus. »Aber dann würden wir

Sie wegen Körperverletzung anzeigen und ich weiß nicht, ob Ihnen das recht wäre, Bradley.«
»Hä? Was? Woher kennst du überhaupt meinen Namen?«
»Lassen Sie Peter los und ich erkläre es Ihnen!«
Bradley zögerte noch einen Moment, dann nahm er den Arm weg. Der Zweite Detektiv rutschte vom Kofferraum herunter und stolperte schnell aus Bradleys Reichweite zu seinen Freunden.
»Moment mal ... dich kenne ich doch!«, stellte Bradley fest. »Du bist der Junge, der gestern bei der Versteigerung auf dem Schrottplatz war.«
»Bob Andrews«, sagte Bob und nickte.
»Und wir waren auch auf der Versteigerung«, ergriff Justus wieder das Wort. »Ich bin Justus Jonas, der Neffe des Schrottplatzbesitzers. Sie haben gestern versucht, ein Schachspiel zu ersteigern, wurden aber von einem Mann namens Bishop Blake überboten und haben das Gelände ziemlich schnell verlassen. Nachdem Mr Blake wenige Minuten später auf die Straße getreten war, wurde er von einem Auto angefahren und schwer verletzt ins Krankenhaus gebracht. Wir haben in diesem Fall ermittelt und eine Zeit lang gemutmaßt, Sie seien der Täter. Aber wir haben uns getäuscht.«
»Äh, Just...«, raunte Bob dem Ersten Detektiv zu. »Wieso bist du da so sicher?«
»Weil Bradleys Cadillac einen kaputten Auspuff hat«, gab Justus in normaler Lautstärke zurück. »Auf Dereks Videoaufnahme kann man hören, wie genau dieser Wagen angelassen wird und davonfährt. Und zwar noch bevor Bishop

Blake das Gelände verlässt. Im Zusammenhang mit dem Unfall ist der Cadillac wiederum *nicht* zu hören.«

»Ach.«

»Moment mal!«, sagte Bradley irritiert und nahm zum ersten Mal seine Sonnenbrille ab. »Krankenhaus? Ermittelt? Ich verstehe überhaupt nichts mehr.«

»Wir sind Detektive.« Justus reichte ihm die Visitenkarte. »Und wir haben Ihren Wagen lediglich genauer in Augenschein nehmen wollen, um mehr über Sie und Ihre Beweggründe herauszufinden, fast siebentausend Dollar für ein augenscheinlich wertloses Schachspiel zu bezahlen. Aber nun, da wir wissen, dass Sie nicht der Täter waren, können wir Sie auch direkt fragen: Warum waren Sie bereit, so viel Geld für dieses Schachspiel auszugeben?«

Bradley schien noch immer unsicher, was er von den drei Jungen halten sollte. »Und mein Autoradio?«

»Ist im Licht der Ermittlungen vollkommen uninteressant«, gab Justus ungeduldig zurück.

Bradley seufzte. »Na gut, dann glaube ich das jetzt mal. Auch wenn ich das mit den Detektiven nicht verstehe.«

»Da gibt es nichts zu verstehen«, erklärte Bob. »Wir sind Detektive. Und wir würden gern herausfinden, was es mit dem Schachspiel auf sich hat.«

Bradley überlegte einen Moment, dann zuckte er mit den Schultern. »Ich habe es nicht gekriegt, dann kann ich es euch auch verraten.« Er warf einen Blick auf seine Uhr. »Ich habe noch eine Viertelstunde, bevor meine Schicht losgeht.«

»Das wird reichen«, meinte Justus.
Bradley wies zum Sportcenter. »Gehen wir doch rein.«
Kurz darauf saßen die drei ??? gemeinsam mit Bradley bei einer Cola an einem runden Plastiktisch in einem seelenlosen Sportcenter-Café voller Bildschirme, über die Sportübertragungen flackerten.
»Ich erzähle euch, wie das war«, sagte Bradley. »Ich bin ein Schachfan. Das ist mein Ausgleichssport zu meiner Arbeit hier im Center. Traut mir zwar keiner zu, aber ich brauche was für den Kopf. Außerdem bin ich Sammler. Ich sammle Andenken rund um Weltklasse-Schach. Autogramme von Großmeistern, T-Shirts von legendären Turnieren, so Kram halt. Nichts Weltbewegendes, nur so zum Spaß, und manchmal, wenn ich knapp bei Kasse bin, verkaufe ich auch wieder was davon an andere Sammler. Mein wertvollstes Stück ist eine Originalnotation von Garri Kasparow aus einer Partie der Weltmeisterschaft von 1985.«
Peter runzelte die Stirn.
»Das ist ein Zettel, auf dem die Spieler die Züge aufschreiben, um die Übersicht zu behalten«, erklärte Justus.
Bradley nickte. »Letzte Woche entdeckte ich diese Todesanzeige in der Rocky Beach Today. Es war Zufall, dass ich die überhaupt gesehen habe. Meine Cousine wohnt in Rocky Beach, ich war bei ihr zu Besuch und da lag die Zeitung auf dem Küchentisch rum.«
»Die Todesanzeige von Irene Hammontree«, vermutete Justus.
»Irene Hammontree, gebürtige Lansky.«

Die drei Detektive warfen einander irritierte Blicke zu.
»Ha!«, rief Bradley triumphierend und schlug auf den Tisch, dass die Gläser klirrten. »Ich *wusste*, dass ihr davon keine Ahnung hattet! Sonst hättet ihr das Spiel nicht einfach so versteigert. Was für ein Glück, dass dieser Blake und ich überhaupt da waren! Sonst wäre es womöglich für zwanzig Dollar an irgendwen verkauft worden und nie wieder aufgetaucht. Ich war natürlich am Anfang stinkig, dass für mich bei siebentausend Dollar Schluss war. Ich bin sowieso schon höher gegangen, als ich eigentlich wollte. Aber dann dachte ich mir: Jetzt ist das Spiel wenigstens in guten Händen. Der alte Mann wusste sehr genau, wofür er da bietet.«
»Äh ...« Peter hob zaghaft den rechten Zeigefinger. »Bin ich der Einzige, der immer noch nicht begreift, worum es eigentlich geht?«
Bob und Justus schüttelten die Köpfe.
Bradley kniff die Augen zusammen und sah die drei Detektive nacheinander prüfend an. »Ihr habt wirklich keine Ahnung?«
»Eine Ahnung schon«, bekannte Justus. »Hat Irene Lansky zufällig etwas mit Gregor Lansky zu tun, dem ehemaligen Weltklasse-Schachspieler?«
»Bingo«, sagte Bradley. »Sie war seine Schwester.«
»Gregor Lansky war in den Siebzigern ein Star in der internationalen Schachszene«, sagte Justus. »Nach ihm wurde sogar ein Eröffnungszug benannt, mit dem er nahezu jede Partie begann: die Lansky-Eröffnung, Springer von b1 nach c3, auch bekannt als Sleipner-Eröffnung. Ein ungewöhn-

licher erster Zug und eine Art Markenzeichen von Lansky. Gregor Lansky wurde damals schon als zukünftiger Weltmeister gehandelt, bis er eines Tages spurlos verschwand. Und, ach ja, er hatte einen Knall.«
Bradley nickte. »Ihr wisst ja doch ein bisschen was!«
»Justus weiß was«, erklärte Peter großmütig. »Wir nicht.«
»Lansky war ein Genie«, sagte Bradley. »Mit fünfzehn ist er schon Großmeister geworden. Aber er war ein bisschen gaga, wie viele berühmte Schachspieler. Zum Beispiel trug er ständig und überall ein Schachbrett mit sich herum. Damit übte er andauernd, spielte berühmte Partien nach und analysierte sie. Es war immer dasselbe Schachspiel und in Interviews meinte er immer, dass es ihm Glück brächte und dass er ohne dieses Spiel verloren wäre. Auf Pressefotos sieht man das Spiel ganz oft. Aber dann verschwand Lansky und mit ihm auch das Spiel.«
»Was soll das heißen – er verschwand?«, hakte Bob nach.
»Er verschwand. War einfach weg. War ein großer Skandal damals und jahrelang gab's die wildesten Gerüchte.«
Justus nickte. »Davon habe ich mal gelesen. Einige glaubten, Lansky habe sich freiwillig von allem zurückgezogen, weil er um seine geistige Gesundheit fürchtete. Viele Weltklasseschachspieler bekommen nämlich psychische Probleme, weil die intensive Beschäftigung mit dem Spiel so fordernd ist, dass … nun ja … ihnen einfach ein paar Sicherungen durchbrennen. Erst recht, wenn der Erfolg schon in so jungen Jahren kommt. Andere hatten wilde Verschwörungstheorien und glaubten, der russische Geheimdienst

hätte Lansky verschwinden lassen, weil er den amtierenden russischen Weltmeister zu schlagen drohte.«

»Es gibt noch andere Geschichten, die mit dem Geheimdienst zu tun haben, aber ich glaube die alle nicht«, meinte Bradley. »So war das damals halt: Russen und Amerikaner lagen immer im Wettstreit, egal ob beim Sport, im Weltraum oder beim Schach – da waren Verschwörungstheorien nicht weit. Jedenfalls war Lansky verschwunden und das ist er bis heute. Alle paar Jahre behaupten irgendwelche Spinner, ihn gesehen zu haben, aber jedes Mal stimmt's dann doch nicht. Wenn er noch leben sollte, wäre er heute ein alter Mann. Wie auch immer, von Lanskys Schwester Irene wissen natürlich nur Leute, die sich ein bisschen auskennen. Dass sie die letzten Jahre Irene Hammontree hieß, wissen noch weniger. Ich las also die Todesanzeige und fuhr sofort zu ihrem Haus, weil ich wissen wollte, was mit ihrem Nachlass passiert. Ich dachte, da könnten ein paar interessante Dinge von ihrem Bruder dabei sein. Aber so eine komische Nachbarin erzählte mir, das Haus wäre schon leer und das ganze Zeug wäre bei einem Titus Jonas auf der Müllkippe gelandet. Da fuhr ich dann hin und kam gerade rechtzeitig zur Versteigerung.«

»Die gute Mrs Kretchmer …«, murmelte Justus.

»Ich dachte, ich spinne, als da tatsächlich Lanskys berühmtes Schachspiel auf dem Tisch herumlag. Ich wollte es sofort kaufen, weil ich Angst hatte, dass noch jemand es erkennt.«

»Was Bishop Blake dann auch tat«, bemerkte Bob.

»Habe ich das jetzt richtig verstanden?«, fragte Peter. »Das Spiel selbst ist gar nicht wertvoll? Es ist nicht aus übermalter Jade oder hat ein Geheimversteck voller Diamanten, sondern es ist ein ganz normales Schachspiel, das lediglich einem berühmten Menschen gehört hat?«

Bradley nickte.

Peter war enttäuscht, doch dann fiel ihm etwas ein: »Es muss aber noch etwas dahinterstecken. Mr Blake hat gesagt, sein Leben hinge von dem Spiel ab.«

»Das ist dem sehr ähnlich, was Lansky damals der Presse gegenüber behauptete«, stellte Justus fest. »Dass er ohne das Spiel verloren sei. Können Sie sich einen Reim darauf machen, Bradley?«

Bradley schüttelte den Kopf. »Lansky hat wahrscheinlich einfach rumgesponnen, und was dieser alte Mann damit meinte … keine Ahnung. Vielleicht war er einfach ein Fan und wollte das Spiel unbedingt haben. Aber der kann sich ja jetzt entspannen, er hat mich schließlich überboten.«

»Schon«, sagte Justus. »Aber das Spiel wurde gestohlen.«

»Gestohlen?«

»Das Schachspiel war weg, als wir die Straße erreichten und Mr Blake auf dem Boden liegen sahen. Der Dieb ist vermutlich die gleiche Person, die auch Mr Blake angefahren hat.«

»Das ist ja heftig!«

»Ja. Aber wir werden den Täter und das Schachspiel finden.«

»Und wie das?«

»Keine Ahnung«, gab Justus zu.
»Aber im Finden sind wir ganz groß«, erklärte Bob.
»Wir sind schließlich Detektive«, sagte Peter nicht ohne Stolz.
»Na dann, viel Erfolg! Wäre echt eine Schande, wenn dieses Schachspiel verloren ginge.«
Eine junge Frau im weiß-roten Phoenix-Sports-T-Shirt trat auf Bradley zu. »Brad, du hast Unterricht, deine Schülerin wartet schon auf dich!«
»Oh, verdammt«, brummte Bradley mit einem Blick auf die Uhr und erhob sich. »Ich muss arbeiten, Jungs, ich drück euch die Daumen, dass ihr das Schachspiel findet. Wenn ihr meine Hilfe braucht – jederzeit!«
»Vielen Dank«, sagte Justus. »Und viel Spaß mit Lucy.«
Bradley sah ihn irritiert an. »Woher weißt du …?«
»Detektive«, antwortete Justus und grinste.

Mrs Hammontrees Geheimnis

»An der Kreuzung geradeaus«, bat Justus, als sie nach einem langen Stau an einer Baustelle endlich Rocky Beach erreicht hatten.
»Fahren wir denn nicht zurück zum Schrottplatz?«, wunderte sich Peter.
»Nein, wir fahren zu den Kretchmers.«
»Wegen des Tagebuchs«, erriet Bob. »Du hast uns immer noch nicht gesagt, wieso Prudence und Purity uns dabei helfen sollten, es in die Finger zu bekommen.«
»Das werdet ihr dann ja sehen.«
Als sie das Haus der Kretchmers erreichten, stand der Wagen nicht in der Einfahrt. »Die Dame des Hauses ist nicht da«, stellte Justus zufrieden fest. »Vermutlich diskutiert sie gerade die farblichen Gestaltungsrichtlinien für das Gemeindefest an Thanksgiving. Marcie Bronkowitz hat Grün und Weiß vorgeschlagen. Das schreit natürlich nach einer Vollversammlung.«
»Und da sind auch schon unsere beiden Herzchen Charity und Chastity«, bemerkte Peter und deutete auf den wie mit einem Bartschneider gestutzten Rasen, wo die Zwillinge ein Puppenhaus aufgebaut hatten und spielten. »Ist die Katze aus dem Haus, tanzen die Mäuse auf dem Tisch. Beziehungsweise auf dem englischen Rasen. Ich verwette

meine neuen Sportschuhe darauf, dass die da normalerweise nicht spielen dürfen. Stellt euch nur vor, wenn ein Grashalm umknickt!«

»Nicht auszudenken«, sagte Bob grinsend. »Wenn das die Mama sehen könnte!« Sein Grinsen erlosch. »Papa scheint allerdings zu Hause zu sein.« Er deutete auf ein geöffnetes Fenster. »Ich höre den Fernseher.«

Justus sah auf die Uhr. »Das ist das Spiel der Dodgers gegen die Giants.«

Peter riss erschrocken die Augen auf. »Das läuft jetzt? Verflixt!«

Bob winkte ab. »Die Dodgers gewinnen sowieso.«

»Da wäre ich mir nicht so sicher.«

»Kollegen, ich muss doch sehr bitten. Als ob das jetzt irgendwie relevant wäre! Wichtig an diesem Spiel ist nur, dass wir uns um John Kretchmer keine Sorgen machen müssen. Der wird nicht eine Minute davon verpassen wollen. Er wird nicht mal in den Werbepausen aufstehen und nach seinen Töchtern sehen.«

»Wie kannst du da so sicher sein?«, fragte Peter.

»Seine Frau ist für mindestens zwei Stunden weg. Er kann die Füße auf den Couchtisch legen, Dosenbier trinken und mit Chips herumkrümeln, ohne Ärger zu bekommen. Das ist *sein* Tag. Er wird sich vom Fernseher nicht wegbewegen.«

»Und woher weißt du das so genau?«

»Ein Blick in seine Augen, Peter, und du wüsstest es auch.«

Sie gingen auf die beiden Mädchen zu. Als Charity die drei

bemerkte, stupste sie ihre Schwester an und raunte besorgt: »Da ist wieder der Junge von der Müllkippe!«

»Hallo!«, begrüßten die drei Detektive die Zwillinge freundlich.

»Wir dürfen mit niemandem reden«, sagte Charity bestimmt. »Wenn man mit Fremden redet, kann das böse enden.«

»Aber ihr habt heute schon mal mit mir geredet«, erinnerte Justus sie.

»Das war Chastity, nicht ich«, verteidigte sich Charity und zeigte auf ihre Schwester.

»Du hast mir ein Geheimnis verraten«, wandte sich Justus an den anderen Zwilling. »Dass nicht *ein* Mann nach dem Schachspiel gefragt hat, sondern zwei.«

Chastity blickte ihn unsicher an, dann ihre Schwester. Ihr Mut schien sie verlassen zu haben.

»Von dem zweiten Mann weiß eure Mutter nichts, richtig?«, vermutete Justus. »Letzten Freitag habt ihr mit einem Fremden geredet und dann ist etwas Schlimmes passiert. Der Fremde hat nach dem Schachspiel und Mrs Hammontrees Haus gefragt und am nächsten Tag stellte eure Mutter fest, dass dort eingebrochen worden ist.«

Die Mädchen traten ängstlich einen Schritt zurück. »Das stimmt nicht«, sagte Charity, aber allen drei war sofort klar, dass sie nicht die Wahrheit sagte.

»Doch, es stimmt. Und ihr habt es eurer Mutter auch danach nicht erzählt, richtig? Weil die euch nämlich verboten hat, mit Fremden an der Tür zu sprechen. Zu Recht. Und jetzt habt ihr ein Problem. Denn ich weiß es und ich könnte

es eurer Mutter verraten.« Er setzte ein diabolisches Grinsen auf.
Die Mädchen fingen an zu wimmern.
»Just!«, raunte Peter.
»Ja?«, raunte Justus zurück.
»So geht das nicht!«
»Was denn?«
»Du jagst den beiden Angst ein.«
»Das war der Plan.«
»Kein guter Plan.« Peter trat vor, ging in die Hocke und sagte mit sanfter Stimme: »Was der Junge von der Müllkippe damit sagen will: Wir sind Detektive. Und wir jagen gerade diesen Einbrecher. So wie im Fernsehen, wisst ihr? Und ihr könnt uns helfen, ihn zu fangen.«
Die beiden überlegten einen Moment, dann sagte Chastity: »Aber wenn ihr ihn fangt, dann erzählt er Mama, dass wir nicht brav waren!«
»Nein, bestimmt nicht.«
»Doch«, beharrte sie.
»Nein, wirklich …«
»Doch.«
Justus beugte sich zu Peter hinab und raunte: »Das klappt ja gut.« Dann sagte er zu den Zwillingen: »Wenn wir ihn *nicht* fangen, bricht er vielleicht bei euch ein und nimmt euch mit.«
Die Mädchen kreischten.
»Es sei denn, ihr helft uns«, fuhr der Erste Detektiv fort. »Eure Mutter hat irgendwo das Tagebuch und ein paar

Postkarten von Mrs Hammontree versteckt. Da stehen sehr wichtige Sachen drin, die uns helfen können, den Einbrecher zu fangen. Wenn ihr uns die besorgt, dann …«
»Ich weiß, wo!«, rief Charity und die Zwillinge stürmten los und verschwanden ins Haus.
»Die scheinen sich in den Privatsachen ihrer Mutter gut auszukennen«, bemerkte Bob.
Es dauerte keine Minute, dann waren die beiden zurück. Chastity hatte ein kleines, mit rotem Geschenkband zusammengehaltenes Bündel in der Hand. »Aber wir geben euch die Sachen nicht«, sagte sie bestimmt. »Mama merkt das sofort und dann kriegen wir Schimpfe. Ihr dürft nur reingucken.« Sie senkte ihre Stimme. »Und nur kurz, damit Papa nichts merkt!«
»Keine Sorge, das dauert nur fünf Minuten«, behauptete der Dritte Detektiv.
»Aber Bob …«, sagte Peter, doch dann sah er, was Bob vorhatte. Er hielt sein Handy in der Hand. Charity reichte ihm das Bündel und Bob machte sich sofort an die Arbeit, indem er jede Seite des Tagebuchs abfotografierte.
»Gute Idee, Bob«, meinte Justus. Er nahm sich derweil die Postkarten vor, überflog sie jedoch nur. »Das sind bloß Urlaubsgrüße, nichts Wichtiges.«
»Könnt ihr den Einbrecher denn bis heute Abend fangen?«, fragte Charity derweil ängstlich.
Nun bekam Justus doch ein wenig Mitleid mit den Mädchen. »Ich glaube schon. Ihr braucht keine Angst zu haben.«

»Wir können einen Knüppel aus der Garage holen und Wache halten!«, schlug Chastity ihrer Schwester vor.
»Meinst du wirklich?«
»Klar, der Mann war schließlich schon alt. Wenn wir dem auf den Kopf hauen …«
»Moment mal«, sagte Justus irritiert. »Der Mann, der nach Mrs Hammontrees Haus gefragt hat, war alt?« Was mochte »alt« in den Augen einer Zehnjährigen bedeuten? Für die beiden waren die drei Detektive wahrscheinlich auch alt.
»Ja.«
»Aber er war groß und blond und kräftig und hatte eine kleine Narbe am Mund, richtig?«, fragte Peter.
Die Zwillinge schüttelten gleichzeitig die Köpfe.
»Nein, er war klein und mindestens hundert und er hatte einen Spazierstock. Die Haarfarbe weiß ich nicht, er trug einen Hut.«
»Und eine Harry-Potter-Brille!«, fiel es Charity ein.
»Oh«, sagte Justus.
»Das klingt nicht nach unserem falschen Arzt«, stellte Peter fest.
»Nein«, meinte Bob irritiert. »Es klingt nach jemand ganz anderem.«

»Bishop Blake war also bei den Kretchmers«, sagte Peter, als die drei ??? mit dem Auto Richtung Schrottplatz fuhren.
»Ja«, knurrte Justus unzufrieden. »Und ich ärgere mich darüber, dass wir gleich den voreiligen Schluss gezogen haben, es wäre Sam Chiccarelli gewesen. Das war dämlich.«

»Könnte es denn sein, dass am Ende Mr Blake in Mrs Hammontrees Haus eingebrochen ist?«, fragte Bob. »Bradley war es schließlich nicht. Wenn er uns nicht angelogen hat.«
Doch Peter schüttelte den Kopf. »Das kann ich mir nicht vorstellen. Bradley sagt die Wahrheit. Und Blake ist ein alter Mann.«
»Das hat nichts zu sagen«, meinte Justus. »Wir sollten ihn zumindest mit einem kleinen Fragezeichen versehen. Schaden kann es nicht.«
Als die drei Detektive den Schrottplatz erreichten, war die Sonne bereits untergegangen. Derek schien das nicht zu stören, denn er stand immer noch in der Einfahrt und warf Körbe. Als er Peters MG erkannte, winkte er den Jungen zu.
Obwohl es schon spät war, beschlossen die drei ???, in der Zentrale noch das Tagebuch auszuwerten.
Peter drängte als Erster in den Wohnwagen und ließ sich mit einem tiefen Seufzer in den bequemsten der drei Sessel fallen. »Was für ein Tag! Erst Rasenmähen bei den Robertsons, dann werde ich fast verprügelt, dann renne ich über Krankenhausdächer, dann werde ich wie ein Schwerverbrecher behandelt, dann bekommen wir einen Drohanruf, dann werde ich auf einem Parkplatz *noch mal* fast verprügelt … mir reicht's für heute.«
Bob hatte inzwischen die Fotos von seinem Handy auf den Computer übertragen, damit er die Tagebuchseiten besser lesen konnte.
»Aber wir haben einiges herausgefunden«, bemerkte Jus-

tus. »Wir wissen jetzt, dass das Schachspiel Gregor Lansky gehörte und dass das einer der Gründe ist, es unbedingt besitzen zu wollen. Für Bishop Blake gibt es aber offenbar noch einen anderen Grund. Was davon für Sam Chiccarelli relevant ist, können wir bislang nur mutmaßen.«

»Apropos Sam Chiccarelli«, sagte Peter. »Sollten wir nicht vielleicht der Polizei Bescheid sagen? Immerhin wissen wir, wer der Mann war, der Bishop Blake im Krankenhaus bedroht hat, und wo er wohnt. Ich möchte ihm nicht so gern noch mal begegnen, insofern könnten wir das doch Inspektor Cotta überlassen.« Inspektor Cotta war ihr Vertrauter bei der Polizei von Rocky Beach und im Ernstfall auf ihrer Seite, gleichzeitig jedoch nicht immer begeistert davon, dass die Jungen sich als Detektive betätigten.

»Nur nichts überstürzen«, bremste Justus den Zweiten Detektiv, denn an Inspektor Cotta wollte er sich erst dann wenden, wenn es wirklich notwendig war. »Erst mal kommt das Tagebuch dran. Wie sieht's aus, Bob?«

»Gut«, sagte Bob. »Sehr gut sogar. Ich würde sagen, dass uns dieses Tagebuch einen Riesenschritt weiterbringt. Obwohl Irene Hammontree zwischendurch auch seitenweise uninteressantes Zeug erzählt. Wie sie ihren Mann kennenlernt und nach Rocky Beach zieht und so weiter und so fort. Aber es gibt auch ein paar Stellen, die sehr, sehr aufschlussreich sind. Ich bin allerdings noch nicht ganz durch.«

»Erzähl!«, forderte Justus gespannt.

Bob klickte sich durch die abfotografierten Seiten. »Moment, ich lese es euch vor: ›Ich habe Angst um Gregor.

Seine Karriere tut ihm nicht gut. Er lebte schon immer in seiner eigenen Welt, aber je mehr Turniere er gewinnt, desto mehr steigert er sich ins Schachspielen hinein, desto fiebriger wird sein Blick. Und immer dieses Schachbrett! Er schleppt es ständig mit sich herum. Gestern war er hier. Er stellte das Brett neben sich aufs Sofa, als sei es seine Begleitung, als solle ich nicht nur ihm, sondern auch dem Schachbrett Kaffee anbieten. Und er saß die ganze Zeit auf der Sofakante, blickte auf die Uhr und wollte offenkundig gar nicht hier sein. Irgendetwas stimmt nicht mit ihm.‹«

»Das passt in etwa zu dem Bild, das zu der Zeit auch die Öffentlichkeit von Gregor Lansky hatte«, meinte Justus. »Ein gehetzter, leicht durchgeknallter Mann, der nur noch für die Meisterschaft des Schachspiels lebte.«

Ein paar Seiten weiter hatte Bob die nächste interessante Stelle ausgemacht: »›Ich bin mir nicht mehr sicher, was ich von Gregor halten soll. Neuerdings erzählt er mir, ich solle auf mich aufpassen. Darauf achten, ob ich vielleicht beobachtet werde. Und ihm dann sofort Bescheid sagen, aber dazu in eine Telefonzelle gehen. Ich habe ihn gefragt, wovon er eigentlich rede. Aber er weicht mir aus. Es sei besser, wenn ich nicht zu viel wisse, sagt er. Aber er wolle nicht, dass mir etwas passiere. Es tut weh, mir das einzugestehen, aber ich glaube wirklich und wahrhaftig, dass Gregor unter Wahnvorstellungen leidet. Er glaubt, er werde verfolgt. Andererseits … vielleicht wird er das tatsächlich. Er hat früher ein paar unglückliche Dinge in Interviews gesagt, über den Kommunismus und wie viel besser man sich in der Sowjetunion um den Schachsport kümmere. In letzter Zeit hält er sich zwar mit Äußerungen dieser Art zurück, aber er hat sich damit bestimmt keine Freunde gemacht. Und man hört so viele schlimme Dinge … Ist es also wahr? Wird er tatsächlich beschattet? Ich weiß nicht mehr, was ich glauben soll.‹«

Peter seufzte. »Okay, das verstehe ich nicht. Wer soll den denn damals beschattet haben und warum? Und was hat das mit Kommunismus zu tun?«

»Der Kommunismus ist eine politische Idee«, erklärte Justus. »Und um dir jetzt die Details zu ersparen: Es ist die Ideologie, der die Politik der osteuropäischen Staaten unter Führung der Sowjetunion früher folgte.«

»Das *weiß* ich«, sagte Peter verärgert. »Die Kommunisten sind die Bösen, richtig? Der Rest ist doch jetzt völlig uninteressant.«

Justus verdrehte die Augen. »›Die Bösen‹, Zweiter, ich bitte dich. Gut und Böse gibt's in Grimms Märchen, aber nicht im echten Leben. Die Sowjetunion war jahrzehntelang der erklärte Erzfeind der Vereinigten Staaten, ja. Deshalb war es hierzulande früher nicht sehr ratsam, sich öffentlich positiv über den Kommunismus zu äußern. Genau genommen ist es das heute noch nicht. Aber früher wurden Kommunisten regelrecht verfolgt und als Landesverräter bestraft. Dass ein Mann wie Gregor Lansky für die Russen etwas übrighatte, kann ich mir allerdings gut vorstellen: Russische Schachspieler wurden in ihrem Land ähnlich wie Sportler stark gefördert. Sie waren echte Stars, während Schach in der westlichen Welt damals nicht sehr wichtig genommen wurde. Tatsächlich änderte sich das erst ein wenig mit Lansky selbst, weil er der erste Amerikaner war, der mit den russischen Weltklassespielern mithalten konnte. Plötzlich bot sich eine Chance, Russland beim ewigen Wettstreit zwischen Ost und West in einer weiteren Disziplin zu schlagen: dem Schach.«

»Und da war es natürlich doppelt blöd, wenn der einzige Mann, der das vielleicht herbeiführen konnte, auch noch öffentlich erklärte, dass er die Politik der Russen eigentlich ganz gut findet«, ergänzte Bob, bevor er sich wieder in die Lektüre des Tagebuchs vertiefte.

»Und jetzt kommt der mit Abstand spannendste Teil«, verkündete der Dritte Detektiv kurz darauf und las den nächsten Auszug vor: »›Es gibt Tage, an denen so viel passiert, dass es für ein ganzes Jahr reicht. Ich weiß kaum, wo ich anfangen soll. Gregor ist schon wieder umgezogen. Zum zweiten Mal in diesem Jahr. Er fühlte sich nicht mehr sicher in seiner alten Wohnung, sagte er. Aber als ich gestern bei ihm war, waren wir kaum zwei Minuten in seinem neuen Apartment, da schlug er schon einen Spaziergang vor. Sein verdammtes Schachbrett nahm er natürlich mit.

Sobald wir draußen waren, sprach er plötzlich im Flüsterton mit mir und drehte sich ständig um. Er werde vielleicht verfolgt. Und er sei nicht sicher, ob das neue Apartment nicht verwanzt sei. Die alte Leier, aber so schlimm wie nie zuvor. Es brach mir das Herz. Plötzlich brach alles aus mir heraus. Ich habe ihm ins Gesicht gesagt, was ich über seinen

Geisteszustand denke. Dass er Hilfe brauche. Aber er beschwor mich, ihm zu glauben. Er gab zu, in Schwierigkeiten zu sein, aber mit seinem Geisteszustand habe das nichts zu tun. Sondern mit seinem Schachbrett. Er behauptete, dass dieses Brett sein Leben sei. Aber er meinte es nicht im übertragenen Sinne. Er meinte es ganz ernst. *Sein Leben* hinge von diesem Schachbrett ab. Es trage ein Geheimnis, sagte er. Nur deswegen habe er es immer bei sich. Und wenn ihm je etwas zustoßen sollte, müsse ich ihm versprechen, dass ich das Brett an mich nehme und es niemals jemandem gebe. Er meinte das alles ganz wörtlich. Ich musste handeln, das war mir in diesem Moment so klar wie nie zuvor, aber ich wusste nicht, wie.

Die Gelegenheit ergab sich jedoch von ganz allein, drei Tage später in einem Diner in Santa Monica. Wir waren nur zu einem schnellen Mittagessen verabredet. Außer uns war niemand in dem Lokal. Gregor hatte sein Schachbrett dabei. Irgendwann ging er auf die Toilette. Das Brett ließ er liegen und schärfte mir ein, es nicht aus den Augen zu lassen. Dann verließ auch die Bedienung ihren Platz hinter dem Tresen und verschwand in die Küche. Ich war ganz allein. Ich handelte, ohne nachzudenken. Ich nahm das Brett an mich und versteckte es in meiner Tasche.

Gregor kam zurück und ich behauptete aufgeregt, ein Fremder sei zur Tür hereingestürzt, habe sich das Brett geschnappt und sei wieder verschwunden. Alles sei sehr schnell gegangen. Gregor war außer sich vor Wut und Angst. Er packte und schüttelte mich. Ich dachte, er würde mich schlagen. Er flehte mich an, ihm die Wahrheit zu sagen. Das sei die Wahrheit, behauptete ich. Irgendwann glaubte er mir. Dann verließ er fluchtartig den Diner. Jetzt sei alles aus, sagte er, als ich ihm folgte. Sie würden ihn schnappen und wegsperren. Er müsse fliehen. Dann küsste er mich und war auf und davon.

Ich habe das Schachbrett an einen geheimen Ort gebracht, den gleichen geheimen Ort, an den auch dieses Tagebuch verschwinden wird, damit weder Gregor noch sonst jemand je davon erfährt. Ich weiß nicht, ob ich einen großen Fehler begangen habe. Vielleicht wird nun alles nur noch schlimmer. Ich weiß nicht, in welchen Schwierigkeiten Gregor steckt. Ich weiß nur, dass sie etwas mit diesem verfluchten Schachbrett zu tun haben. Und vielleicht hört es auf, wenn das Brett verschwindet. Vielleicht löse ich auch eine Katastrophe aus. Aber ich gehe das Risiko ein, sonst werde ich meinen Bruder für immer verlieren.«

Cotta flippt aus

Bob hörte auf zu lesen und drehte sich zu seinen Freunden um.

»Wow«, sagte Peter. »Das war ja richtig dramatisch!«

»So kam also das Schachspiel in Irenes Besitz«, sagte Justus. »Und Gregor Lansky verschwand von der Bildfläche. Ich nehme an, er tauchte auch bei seiner Schwester nie wieder auf?«

»Falsch angenommen«, korrigierte Bob. »Im Jahr nach Lanskys Verschwinden machte Irene eine schwere Zeit durch. Die Presse bekam schnell Wind davon, dass der berühmte Schachspieler verschwunden war, und belästigte sie. Die wildesten Gerüchte wurden laut. Irene machte sich schreckliche Vorwürfe und war davon überzeugt, dass sie einen Riesenfehler begangen hatte. Sie glaubte, ihr Bruder hätte sich umgebracht. Sie untersuchte das Schachspiel, um sein Geheimnis zu lüften, aber sie fand nichts. Aber eines Tages tauchte ihr Bruder plötzlich wieder auf. Er hatte sich einen Vollbart stehen lassen, sie erkannte ihn kaum wieder. Er war die ganze Zeit auf der Flucht gewesen und lebte nun unter falschem Namen. Sie war erleichtert, erzählte ihm aber nicht, dass sie die Diebin war. Denn er hatte sich sehr verändert, zum Positiven, und war viel ruhiger geworden. Wartet, da war eine Stelle ...« Bob scrollte durch die abfotografierten Seiten, bis er die Passage gefunden hatte: »›Ich muss dieses Geheimnis bewahren, ihm zuliebe. Irgendwann wird er begreifen, dass ihn in Wirklichkeit niemand verfolgt. Er wird aufhören zu fliehen. Er wird ein normales Leben führen. Das mag eine Weile dauern. Aber ich habe die richtige Entscheidung getroffen.‹«

Das Telefon klingelte.

»Wer ist denn das jetzt …«, murmelte Justus unwillig und nahm ab. »Justus Jonas von den drei –«

»Erreiche ich euch endlich!«, polterte eine wütende Stimme los. »Wo habt ihr denn den ganzen Tag gesteckt?«

»Inspektor Cotta! Wir waren unterwegs, aber Sie hätten uns auf unserem Diensthandy erreichen können.«

»Was weiß ich, was ihr für eine *Dienstnummer* habt!«, fauchte Cotta.

Justus schluckte. Mit dem Inspektor war heute offenbar nicht zu spaßen. »Sie steht auf unserer Visitenkar–«

»Hör bloß auf mit dieser Visitenkarte! Wo man geht und steht in Rocky Beach, begegnet man mittlerweile dieser Visitenkarte! Ich werfe sie jedes Mal weg, wenn mir eine in die Finger gerät. Also, was habt ihr wieder angestellt?«

»Äh … gar nichts«, sagte Justus irritiert.

»Ach. Und wie kommt es dann, dass ich Bob Andrews sofort festnehmen lassen könnte, wenn ich wollte?«

Justus schluckte. »Äh …«

»Heute Nachmittag ist eine Anzeige bei mir eingegangen. Ein Einbruch in einem Haus nördlich von Malibu. Es gibt eine Personenbeschreibung, die genau auf Bob passt, und darüber hinaus das Autokennzeichen seines gelben Käfers. Wäre die Meldung nicht zufällig bei mir angekommen, sondern bei einem meiner Kollegen, dann stünden jetzt zwei Polizisten vor dem Haus der Familie Andrews und würden den Sohnemann mitnehmen.«

»Das würden sie nicht«, rutschte es Justus heraus.

»Wie bitte? Warum nicht?«

»Weil er … gar nicht zu Hause ist«, antwortete Justus kleinlaut. »Sondern hier.«

»Deine Besserwisserei kannst du dir in Zukunft wirklich sparen, Justus Jonas!«, brauste Cotta auf. »Hast du mir überhaupt zugehört? Ich ziehe gerade Bobs Kopf aus der Schlinge, euer aller Köpfe, wie ich vermuten darf – ich weiß nicht, zum wievielten Mal! Dabei lehne ich mich selbst gewaltig aus dem Fenster und gefährde meine Karriere, weil ich nicht dem vorgeschriebenen Dienstweg folge. Und dir fällt nichts Besseres ein, als mich zu korrigieren!«

»Entschuldigung, Inspektor Cotta.«

»Gib mir Bob!«

Justus reichte den Hörer weiter.

»Ich nehme an, du hast alles mitgehört?«

»Ja, Inspektor Cotta.«

»Erklär dich!«

»Ich bin nirgendwo eingebrochen!«, begehrte Bob auf. »Ich habe jemanden besucht und diese Person hat mich in ihr Haus gelassen. Und *dann* wurde eingebrochen!«

»Wen hast du besucht?«

»Sam Chiccarelli.«

»Ha!«, lachte Cotta auf. »Davon hätte sie der Polizei etwas gesagt, nehme ich an.«

»Wie bitte? Sie? Nein, ich meine *ihn*. Sam Chiccarelli.«

»Sam Chiccarelli ist eine Frau! Sie hat eine Joggingrunde durch die Berge gedreht, auf dem Rückweg einen verdächtigen gelben Käfer in der Nähe ihres Grundstücks bemerkt, sich das Kennzeichen notiert und dich in ihrem Haus überrascht!«

Plötzlich schlug sich Justus mit der flachen Hand gegen die Stirn. »Ich bin so blöd!«, stöhnte er leise, dann nahm er Bob den Hörer aus der Hand. »Inspektor Cotta? Mir ist gerade unser Denkfehler aufgefallen. Es bleibt aber dabei, dass Bob nirgendwo eingebrochen ist, sondern jemand anders. Bob überraschte den Einbrecher und hielt ihn für Sam Chiccarelli, da wir alle davon ausgegangen waren, dass es sich um einen Mann handelt. In Wahrheit dürfte er derjenige gewesen sein, der die Tür aufgebrochen hat. Er tat so, als sei er dort zu Hause, um sich nicht verdächtig zu machen. Er bat Bob herein und dann wurden beide von der Bewohnerin des Hauses überrascht, nämlich der echten Sam Chiccarelli, die natürlich keine Ahnung hatte, dass es einen Einbrecher und einen Unschuldigen gibt. Außerdem war Bob derjenige, der sofort im Anschluss die Polizei angerufen hat. Der Anruf müsste bei Ihren Kollegen in Malibu eingegangen sein. Wenn Sie dort nachfragen, werden Sie …«

»Erzähl mir nicht, wie ich meinen Job zu erledigen habe!«

»Natürlich nicht, Inspektor Cotta.«

Cotta schwieg einige Sekunden lang, dann brummte er unwillig: »Das klingt leider alles sehr logisch.«
»Wieso leider?«, fragte Justus vorsichtig. »Hätten Sie Bob lieber in Untersuchungshaft gesehen?«
»Ich hätte es lieber gesehen, wenn ihr mal auf die Nase fallt. Also schön, ich glaube dir die Geschichte.«
»Das freut uns, Inspektor Cotta. Wer *ist* denn nun eigentlich Sam Chiccarelli?«
»*Ich* stelle hier die Fragen, Justus. *Zwei* Fragen noch, um genau zu sein. Erstens: Wer war der Einbrecher?«
»Das wissen wir leider nicht. Er hat mit dem Fall des gestohlenen Schachspiels zu tun, der heute in der Zeitung stand, aber die näheren Zusammenhänge entziehen sich noch unserer Kenntnis.«
»Den Artikel habe ich gelesen. Zweitens: Wie passt eine ehemalige Geheimdienstmitarbeiterin in diese Geschichte?«
»Geheimdienst?«
»Sam Chiccarelli. Sie war bis vor zwei Jahren bei der CIA. Wusstet ihr das etwa noch nicht?«
»Wir wussten gar nichts über sie und dachten bis gerade eben, sie sei ein Mann«, erinnerte ihn Justus. »Aber das erklärt zumindest ihre trotz ihres Alters immer noch bemerkenswerte Nahkampftechnik, von der Bob berichtet hat.«
»Die hat ihr leider nichts genützt, denn der Einbrecher konnte entkommen.«
»Ihre Frage kann ich leider trotzdem nicht beantworten.«
»Na schön«, brummte Cotta. »Dann … haltet euch einfach zurück bei … was auch immer ihr tut. Ich mache jetzt

Feierabend!« Ohne ein weiteres Wort beendete Cotta das Gespräch und legte auf.
Schweigend sahen die drei ??? einander an.
»Geheimdienst«, murmelte Peter schließlich. »Toll. Ging's nicht 'ne Nummer kleiner? Wir suchen ein verdammtes *Schachspiel*, keine geheimen Raketenpläne!«
»Faszinierend, nicht wahr?«, fand Justus. »Zumal es nicht das erste Mal ist, dass uns das Stichwort ›Geheimdienst‹ in diesem Fall begegnet.«
»Du meinst die Gerüchte rund um Gregor Lanskys Verschwinden?«, fragte Bob. »Dass der Geheimdienst dahintergesteckt haben könnte? Und Lanskys Verfolgungswahn?«
Justus nickte. »Wir sollten zumindest gedanklich eine Verbindungslinie zwischen diesen Informationen ziehen und Mrs Sam Chiccarelli im Auge behalten. Wenn sie Geheimdienstmitarbeiterin war, dürfte sie einigermaßen vertrauenswürdig sein. Vielleicht hilft sie uns, nachdem sie nun weiß, dass Bob kein Einbrecher ist.«
Bob lachte trocken. »Du kannst dein Glück gern versuchen. Ich möchte der Dame lieber nicht noch mal begegnen.«
Das Telefon klingelte erneut.
»Wahrscheinlich ist Cotta eingefallen, dass er uns noch Hausarrest erteilen wollte«, vermutete Bob.
Doch es war nicht Inspektor Cotta.
»Hi, Just, hier ist Derek. Sag mal, ihr ermittelt doch in diesem Schachfall, richtig?«
»Ja, wir ermitteln in dem Schachfall, Derek. Und ich war den ganzen Tag bei Mrs Kretchmer«, log der Erste Detektiv.

»Aber dein Video war uns eine große Hilfe, vielen Dank, ich bringe dir den Stick morgen zurück! Im Grunde genommen ist der Fall so gut wie gelöst.«
»Ach, echt? Na gut, dann habe ich mich wohl getäuscht.«
Jetzt wurde Justus hellhörig. »Getäuscht? Worin?«
»Ach, ich habe da so ein Auto beobachtet.«
»Was für ein Auto?«
»So ein himmelblaues altes Teil. Das steht schon den ganzen Tag an der Straßenecke, wo der Unfall passiert ist. Und jetzt sitzt jemand drin und starrt zu euch rüber.«

Wie gewonnen, so zerronnen

Justus setzte sich kerzengerade auf. »Was soll das heißen, er starrt zu uns rüber?«

»Na, zum Schrottplatzeingang. Ich dachte, ihr werdet vielleicht beobachtet. Aber wenn ihr den Fall schon gelöst habt …«

»So gut wie«, sagte Justus schnell. »Kannst du von deinem Fenster aus den Fahrer erkennen?«

»Nee, dafür ist es schon zu dunkel.«

»Danke, Derek! Du hast uns zum zweiten Mal sehr geholfen!« Justus legte auf. »Kollegen, wir müssen etwas unternehmen!«

»Wir rufen die Polizei!«, sagte Peter sofort. »Der Typ ist gefährlich! Und ein gesuchter Einbrecher!«

»Wir wissen nicht, ob wirklich der falsche Arzt am Steuer sitzt«, mahnte Justus. »Hast du nicht gesagt, er wäre in einem grünen Pick-up vom Krankenhaus weggefahren, Peter? Derek hat von einem hellblauen Wagen gesprochen.«

»Das heißt nichts«, meinte Bob. »Vielleicht will er nicht sofort von uns entdeckt werden.«

»Möglich«, gab Justus zu. »Aber wenn wir jetzt Cotta alarmieren und uns täuschen, wird er völlig ausflippen.«

Peter seufzte. »Was schlägst du vor?«

»Wir schleichen uns ran. Lasst uns wenigstens das Autokennzeichen in Erfahrung bringen.«
»Okay, aber keine Experimente!«, forderte Peter.
Justus nickte. »Einverstanden.«
Eilig steckten die drei Detektive ihre Kamera und ein Fernglas ein und gingen nach draußen in die Freiluftwerkstatt. Die lag direkt an der Umzäunung des Schrottplatzes und hier befand sich einer der beiden geheimen Ein- und Ausgänge zum Gelände: das Grüne Tor.
Bob prüfte mit einem Blick durch ein Astloch, ob die Luft rein war. Dann öffnete er die Geheimtür und trat hinaus auf die Straße. Peter und Justus folgten ihm.
Die drei Detektive hatten diesen Ausgang gewählt, weil er am weitesten vom Haupttor entfernt lag. Rasch überquerten sie die Straße und schlichen auf der anderen Seite von Schatten zu Schatten zwischen den Straßenlaternen weiter bis zur Straßenecke.
Da stand der Wagen, von dem Derek gesprochen hatte: ein hellblauer, alter Mercury Lynx, der wie aus der Zeit gefallen wirkte.
Allerdings saß niemand am Steuer. Aber den drei ??? war schnell klar, warum Derek trotzdem jemanden gesehen zu haben glaubte.
»Der Schatten des Baumes fällt genau auf den Fahrersitz«, bemerkte Bob. »Aus der Ferne sieht es tatsächlich so aus, als säße jemand am Steuer und würde in Richtung des Tores blicken.«
Justus nickte enttäuscht. »Derek hat sich geirrt.«

»Und das ist überhaupt nicht schlimm!«, sagte Peter erleichtert und wollte schon wieder umkehren. Doch dann fiel sein Blick auf das Gesicht des Ersten Detektivs und etwas darin hielt ihn zurück. »Just, was ist denn?«

»Dieser hellblaue Wagen …«, murmelte Justus. »Den habe ich bereits heute Morgen bemerkt. Auf dem Weg zu Mrs Kretchmer.«

»Gestern hat er auch schon hier gestanden«, erinnerte sich Bob. »Ich habe nämlich zehn Minuten lang danebengehockt, während wir uns um Mr Blake gekümmert und auf den Krankenwagen gewartet haben.«

»Hm. Ich kenne alle Autos in der Nachbarschaft. Zumindest einen alten Mercury Lynx würde ich kennen. Aber diesen Wagen habe ich noch nie gesehen.« Justus' Blick fiel auf die von dem Unfall stammenden Bremsspuren auf der Straße. Sie endeten direkt neben der Fahrertür des Mercury.

Bob und Justus sahen einander an und dachten dasselbe.

»Du meinst, das hier ist das Auto von Bishop Blake?«, fragte Bob.

Justus nickte. »Blake ist nicht mehr besonders gut zu Fuß, er war bestimmt mit dem Wagen hier. Er hat ihn nur deshalb so weit vom Eingang entfernt geparkt, weil die Straße wegen der vielen Auktionsbesucher schon so voll war.« Der Erste Detektiv blickte wieder auf die Bremsspuren und runzelte die Stirn. Und plötzlich wurde ihm klar, was ihn schon heute Morgen an diesen Spuren gestört hatte. Das nagende Gefühl verwandelte sich in eine Frage: »Warum sind hier Bremsspuren?«

»Hä?«
»Wenn du Bremsspuren siehst, Peter, was denkst du dann?«
»Äh … dass jemand gebremst hat?«
»Exakt!« Justus schloss die Augen und rief sich noch einmal in Erinnerung, was er am Vortag und auch auf Dereks Videoaufnahme gehört hatte. »Bevor es knallte, haben Bremsen gequietscht. Bremsen! Da hat jemand versucht, sein Auto zum Stehen zu bringen! Warum sollte jemand bremsen, wenn er einen Menschen überfahren will?«
»Gute Frage.«
»Das ist die *entscheidende* Frage, Peter!« Justus wurde immer aufgeregter.
»Aber Mr Blake *wurde* doch überfahren«, warf der Zweite Detektiv zaghaft ein.
»Aber nicht mit Absicht! Der Fahrer hat versucht, den Zusammenstoß zu verhindern! Dass er danach trotzdem abgehauen ist, steht auf einem anderen Blatt, aber wenn Bishop Blake nicht absichtlich angefahren wurde, dann … dann war der Fahrer womöglich auch nicht der Schachspieldieb. Dann war es wirklich ein Unfall, kein Anschlag. Das hätte uns alles sofort auffallen müssen, wir sind so dämlich!«
Peter und Bob blickten betreten zu Boden.
»Stimmt«, gab Bob zu. »Aber sag mal, Just, wenn der Fahrer nicht der Dieb war … könnte es nicht vielleicht sogar sein … so ganz theoretisch …«
Justus schnippte begeistert mit den Fingern. »Ganz genau, Bob! Ganz genau!« Der Erste Detektiv stürzte zum Wagen und spähte, mit den Händen das Gesicht abschirmend, von

allen Seiten durch die Scheiben hinein. »Hat jemand eine Taschenlampe dabei?«, fragte er drängend.

»Äh, ja«, sagte Peter und reichte ihm eine kleine LED-Lampe, die an seinem Schlüsselbund baumelte. »Verratet ihr mir, was ihr jetzt schon wieder für einen Geistesblitz hattet?«

»Es ist möglich«, begann Bob, »ganz eventuell zumindest, dass das Schachspiel gar nicht gestohlen wurde.«

»Was?«, rief Peter. »Aber es ist doch weg!«

»Hier ist was!«, verkündete Justus aufgeregt, als er in den Fußraum des Beifahrersitzes leuchtete.

»Das Schachspiel?«

»Nein. Bishop Blakes Spazierstock.«

Bob ließ enttäuscht die Schultern sinken.

Der Spazierstock blieb das Einzige, was sie durch die Fenster entdeckten. Der Rest des Wageninneren war sehr aufgeräumt.

»Peter«, sagte Justus, »du hast doch erzählt, dass Mr Blake sich nicht richtig an den Unfall erinnern konnte.«

»Ja. Muss der Schock gewesen sein.«

»Dann lasst uns die Geschehnisse rekonstruieren: Mr Blake verlässt den Schrottplatz durch das Haupttor. Er trägt den Karton mit dem Schachspiel unter dem Arm und den Spazierstock in der Hand. Er geht zu seinem Auto. Was tut er?«

»Er tritt auf die Straße und wird angefahren«, sagte Peter.

Justus schüttelte den Kopf und wies auf den Spazierstock im Fußraum. »Was tut er *genau*?«

»Er geht zu seinem Auto und hat ein Problem, nämlich einen Karton unter dem Arm und einen Spazierstock in der Hand«, überlegte Bob langsam. »Er muss aber eine Hand frei haben, um das Auto aufschließen zu können. Und das hat er getan, sonst wäre der Spazierstock nicht drin.«
»Sehr gut, Bob. Erinnerst du dich, ob Mr Blake Rechts- oder Linkshänder ist?«
Bob erinnerte sich an den Moment zurück, da Blake die Kreditkarte in sein Portemonnaie gesteckt hatte. »Rechtshänder.«
»Und den Karton? Trug er den links oder rechts?«
»Unter dem rechten Arm. Den Stock mit links.«
»Also muss er den Karton loswerden, um das Auto aufzuschließen. Er kommt an der Beifahrertür an, lehnt den Stock ans Auto, stellt den Karton beispielsweise aufs Dach, nimmt seinen Autoschlüssel, schließt die Beifahrertür auf, legt den Stock hinein und schließt die Tür wieder.«
»Er könnte auch den Karton mit dem Spiel auf den Beifahrersitz gelegt haben«, meinte Bob.
Justus probierte, die Beifahrertür zu öffnen. Es ging nicht. »Nein. Denn er verschließt die Tür wieder. Der Dieb hätte dem auf der Straße liegenden Blake den Schlüssel entwenden, die Beifahrertür aufschließen, den Karton herausnehmen und die Tür wieder abschließen müssen. Dafür war gar nicht genug Zeit. Es knallte und ein paar Sekunden später gab der Täter auch schon Gas. Also, Blake legt den Stock in den Wagen und der Karton steht immer noch auf dem Dach. Er verschließt die Tür …«

»Und dann wird er angefahren!«, rief Peter.
»Nein, denn er steht noch auf der Beifahrerseite, also auf dem Bürgersteig«, widersprach Justus. »Es gibt ab diesem Punkt zwei Möglichkeiten: Erstens, er umrundet das Auto und wird angefahren, sobald er auf der Straße steht, und das Schachspiel, das zum Beispiel auf dem Dach steht, wird ihm gestohlen. Möglichkeit zwei: Er geht zum Kofferraum, legt das Schachspiel hinein, geht zur Fahrertür und wird dann erst angefahren.«
»Und der Täter klaut das Schachspiel aus dem Kofferraum.«
»Nicht, wenn Blake ihn abgeschlossen hat.«
»Aber er wollte doch noch einsteigen«, widersprach Peter.
»Schon. Aber dieses Auto ist bestimmt dreißig Jahre alt. Es hat noch keine Zentralverriegelung. Blake hat gerade siebentausend Dollar für das Spiel bezahlt. Er hat den Kofferraum definitiv abgeschlossen, wenn Möglichkeit zwei stimmt.«
Bob trat zum Kofferraum. Er war tatsächlich abgeschlossen. Dann testete er die Fahrertür. Sie ging auf. »Aha«, sagte der Dritte Detektiv verdutzt.
»Was verrät uns nun die Tatsache, dass die Fahrertür unabgeschlossen ist?«, fragte Justus.
»Dass Blake gerade einsteigen wollte, als er angefahren wurde.«
»Genau. Und deshalb hatte er seinen Autoschlüssel in der Hand, denn er wollte ja jeden Moment losfahren, also wird er ihn kaum wieder in die Manteltasche gesteckt haben.

Habt ihr einen Schlüssel gesehen, als Blake auf der Straße lag?«, fragte Justus.
Peter und Bob schüttelten die Köpfe.
»Ich auch nicht.«
Drei Augenpaare richteten sich gleichzeitig auf die Straße. Dort lag natürlich nichts. Doch eine Sekunde nachdem Peter in die Hocke gegangen war, um unter dem Auto nachzusehen, stieß er einen leisen Schrei aus. Es klimperte, als der Zweite Detektiv sich triumphierend erhob und seinen Freunden den Autoschlüssel präsentierte, der an seinem rechten Zeigefinger baumelte. »Tataaa!«
Sie stürzten zum Kofferraum, Justus erteilte Peter mit einem Kopfnicken die Ehre und der Zweite Detektiv steckte den Schlüssel ins Schloss und drehte ihn herum. Dann klappte er den schweren Kofferraumdeckel hoch.
Und da lag er, zwischen Wagenheber und Ersatzrad: der Karton mit dem Schachspiel. Vorsichtig nahm Justus es heraus und öffnete es. Alles war noch da.
Bob schüttelte langsam den Kopf. »Ist es zu fassen? Die ganze Zeit suchen wir nach falschen Ärzten, Sportlehrern und Pontiac-Fahrern – und dabei liegt das Schachspiel die ganze Zeit direkt vor unserer Haustür.«
»Mr Blake hat nur geglaubt, dass das Spiel gestohlen wurde, weil ich ihm erzählt habe, dass es verschwunden ist«, sagte Peter. »Er konnte sich ja nicht mehr erinnern. Was ich aber nicht ganz verstehe: Warum wurde es *nicht* gestohlen?«
»Weil es zu viel Zeit gekostet hätte«, erinnerte Bob.

»Nein, ich meine später. Der Fahrer hätte zurückkommen und den Kofferraumdeckel aufbrechen können.«
»Hätte er«, stimmte Justus zu. »Hat er aber nicht. Dafür gibt es nur eine logische Erklärung: Der Fahrer hatte absolut nichts mit diesem Schachspiel zu tun.«
Peter seufzte tief. »Okay, dann schlage ich vor, dass wir jetzt herausfinden, was das Brett so wertvoll macht, und dann ist der Fall gelöst und wir können alle zufrieden nach Hause.«
»Einverstanden«, sagte Justus grinsend. »Gehen wir zurück in die Zentrale!«
Ein Wagen näherte sich. Keiner der drei Detektive achtete darauf. Bis der Motor aufheulte und die Reifen quietschten. Sie wirbelten herum. Nichts war zu sehen. Dann flammten zwei Scheinwerfer auf und rasten auf sie zu.
»Achtung!« Bob rettete sich auf die Beifahrerseite von Mr Blakes Auto. Peter war eine Sekunde später bei ihm. Justus stolperte über den Bordstein und ließ den Karton fallen.
Der Wagen bremste, jemand sprang heraus, aber wegen der blendenden Scheinwerfer konnten sie ihn nicht erkennen.
»Das Spiel!«, rief Peter und stürzte auf den Karton zu. Ein Tritt aus der Dunkelheit ließ ihn nach hinten taumeln und gegen Bob prallen. Als sie wieder auf den Beinen waren, knallte die Autotür zu.
»Nein!«, rief Peter, rappelte sich auf und stürmte blindlings dem Scheinwerferlicht entgegen und daran vorbei. Er bekam den Griff der Beifahrertür zu fassen. Doch als er daran ziehen wollte, gab der Fahrer Gas.

Peter konnte noch einen Blick hinter das Steuer werfen, bevor ihm der Türgriff aus der Hand gerissen wurde. Dann raste der Wagen mit heulendem Motor davon.
Die drei ??? konnten dem dunkelgrünen Pick-up nur hilflos hinterhersehen, wie er die Sunrise Road hinabschoss, an der nächsten Kreuzung kaum langsamer wurde und schlingernd um die Kurve verschwand.

Wer ist wer?

Erst als das Motordröhnen gänzlich verklungen war, fand Justus die Sprache wieder. »Das kann nicht wahr sein!«

»Hast du ihn gesehen, Peter?«, fragte Bob atemlos.

Der Zweite Detektiv nickte. »Es war der falsche Arzt. Er muss uns die ganze Zeit beobachtet haben.«

»Der Wagen kam aus der Seitenstraße, glaube ich«, meinte Bob. »Von dort aus hat man den Schrottplatz gut im Blick, steht aber selbst völlig im Dunkeln.«

»Deshalb hat Derek auch nur Bishop Blakes Auto bemerkt, nicht aber das unseres tatsächlichen Beobachters«, knurrte Justus. Langsam ließ der Schock nach und machte grimmiger Wut Platz. »So ein verdammter Mist, wir hatten das Spiel in den Händen! Dreißig Sekunden lang. Und dann jagt es uns dieser Kerl wieder ab, weil ich so blöd war, es fallen zu lassen, und wir haben noch immer nicht den leisesten Schimmer, wer der Typ überhaupt ist!«

Bob seufzte und versuchte, Justus zu besänftigen. »Es ist ja nicht alles verloren. Schließlich haben wir noch ein paar Spuren, um die wir uns morgen kümmern können. Sam Chiccarelli, den Rest des Tagebuchs …«

»Morgen? Vergiss es, wir kümmern uns *jetzt* darum.«

»Jetzt?«, rief Peter entsetzt. »Aber es ist … schon echt spät und der Tag war lang und …«

»… und bis morgen kann das Spiel längst am anderen Ende der Welt sein. *Jetzt*, Peter. Auf der Stelle.«
Zehn Minuten später hatten Bob und Peter ihre Eltern darüber informiert, dass sie bei Justus übernachten würden, während Justus Tante Mathilda weisgemacht hatte, er würde bei Bob schlafen. Und schon waren sie in Peters MG auf dem Weg nach Malibu. Der Zweite Detektiv hatte noch versucht, Justus davon zu überzeugen, dass man Sam Chiccarelli genauso gut anrufen könne, anstatt gleich zu ihr zu fahren. Aber der Einwand war an Justus abgeprallt.
»Sie könnte auflegen«, hatte er bloß gemeint.
Nach einer weiteren halben Stunde Fahrt durch die dunklen Berge von Malibu hatten sie das Anwesen von Sam Chiccarelli erreicht. Peter parkte den Wagen direkt vor dem Haus. Diesmal gab es keinen Grund, sich zu verstecken.
Hinter den Fenstern brannte Licht. Das Türschloss war inzwischen repariert, wie Bob mit einem Blick erkannte.
Noch bevor die drei Detektive dazu kamen, auf die Klingel zu drücken, wurde die Tür mit einem Ruck geöffnet. Bob erkannte die kleine, drahtige Frau mit den kurzen grauen Haaren sofort wieder. Sie funkelte die drei ??? misstrauisch an. Als ihr Blick auf Bob fiel, wandelte sich das Misstrauen in Zorn.
»Du schon wieder! Was soll das? Verschwindet von meinem Grundstück. Nein, wartet, bleibt einfach hier, bis die Polizei da ist.« Sie wandte sich ab, um ins Haus zurückzukehren und ihnen die Tür vor der Nase zuzuschlagen.
»Mrs Chiccarelli«, sagte Justus ruhig. »Wir sind in friedlicher

Absicht hier und wollen Ihnen nur ein paar Fragen stellen. Hier ist unsere Karte.«
Justus reichte ihr die Visitenkarte der drei ???, doch sie warf nur einen flüchtigen Blick darauf. »Hat Inspektor Cotta nicht mit Ihnen gesprochen?«
Sam Chiccarelli sah ihn unbeeindruckt an. »Doch. Er hat irgendwas von Kinderdetektiven gefaselt, die zwar häufig über die Stränge schlagen, aber immer auf der guten Seite wären. Aber was weiß schon so ein Kleinstadtbulle!«
»Mrs Chiccarelli, ich bin wirklich nicht in Ihr Haus eingebrochen«, verteidigte sich Bob. »Ich habe lediglich den Einbrecher überrascht und nicht erkannt, dass es einer war.«
»Und warum bist du dann geflohen?«
»Weil ich nicht begriffen habe, dass Sie die Bewohnerin dieses Hauses sind. Und weil Sie mir Angst gemacht haben.«
Ein schmales Lächeln umspielte kurz ihren Mund, bevor sie wieder ernst wurde. »Was wollt ihr von mir?«
»Wir ermitteln in einem Fall, in dem es um ein Schachspiel geht, hinter dem einige Leute her sind. Inzwischen haben wir herausgefunden, dass es einmal dem berühmten Schachspieler Gregor Lansky gehört hat. Sagt Ihnen das etwas?«
»Natürlich sagt mir das was. Und?«
»Wir wissen von Inspektor Cotta, dass Sie früher beim Geheimdienst gearbeitet haben. Es gibt außerdem Vermutungen, nach denen Lansky vom Geheimdienst bespitzelt wurde. Klingelt da etwas bei Ihnen?«

Sam Chiccarelli sah den Ersten Detektiv erst ungläubig an, dann lachte sie spöttisch. »Ich war beim Geheimdienst, in der Tat. Glaubt ihr, ich werde die Erfahrungen meines Berufslebens jetzt mit drei Grünschnäbeln teilen?«
»Also *wurde* Lansky überwacht«, wagte Justus einen Schuss ins Blaue. »Und Sie hatten irgendetwas damit zu tun.«
»Eine Menge Leute wurden damals überwacht«, sagte Mrs Chiccarelli diplomatisch. »Eigentlich alle, die sich verdächtig benommen haben. Lansky gehörte als Sympathisant der Russen sicherlich auch dazu. Das war keine schöne Zeit, aber sie ist ja vorbei. War das alles?«
»Nein«, sagte der Erste Detektiv schnell. »Wir haben noch zwei Fragen. Der Einbrecher, den Sie überrascht haben – kannten Sie ihn?«
Sam Chiccarelli schüttelte langsam den Kopf. Justus vermochte nicht zu sagen, ob sie etwas verbarg oder nicht. »Letzte Frage?«
»Die betrifft unseren Auftraggeber, Mr Bishop Blake.«
Justus kam nicht mehr dazu, eine Frage zu formulieren, denn Sam Chiccarelli reagierte sofort. »Ihr arbeitet für Bishop Blake?« Sie starrte die Jungen einen Moment lang ungläubig an. »Soll das ein Scherz sein?«
»Äh … nein, Madam. Ich entnehme Ihrer Reaktion, dass Sie Mr Blake kennen?«
»Wenn ihr für meinen lieben ehemaligen Kollegen arbeitet, warum kommt ihr dann zu mir? Er kann euch doch alle Zusammenhänge genau erläutern!« Sie sagte das in einem Tonfall, der auf wenig Zuneigung für Mr Blake schließen ließ.

»Er war Ihr Kollege?«, fragte Justus überrascht.
Mrs Chiccarelli verzog zornig das Gesicht. Justus glaubte schon nicht mehr daran, dass sie noch mit ihnen sprechen würde, doch dann sagte sie: »Bishop Blake war einer von denen, die die Zeit der Überwachung und Bespitzelung so unangenehm gemacht haben. Ihr haltet euch besser von ihm fern.«
»Warum?«
Sie antwortete nicht.
»Mrs Chiccarelli«, sagte Justus eindringlich. »Bishop Blake wurde auf der Straße von einem Auto angefahren. Bevor er das Bewusstsein verlor, hat er Ihren Namen genannt. Warum hat er das getan?«
»*Meinen* Namen?«, rief sie überrascht.
»Ja. Wir wissen nicht, warum er das tat, aber wir vermuten, dass es als Hinweis gedacht war. Oder als Hilferuf.«
Sam Chiccarelli sah die drei ??? lange an. Mit eisiger Stimme sagte sie: »Das war kein Hilferuf, ihr Schlauberger. Das war eine Warnung.«
Und damit knallte sie ihnen die Tür vor der Nase zu.

»Ich bin ratlos«, gestand Peter, als sie wieder im Auto saßen und auf der nächtlichen Kanan Dume Road zurück Richtung Malibu fuhren. Sie hatten noch ein paarmal versucht, Mrs Chiccarelli durch die geschlossene Tür hindurch zum Reden zu bewegen, doch sie hatte die drei Detektive einfach ignoriert. »Vollkommen ratlos. Ich verstehe überhaupt nichts mehr.«

Justus zupfte gedankenverloren an seiner Unterlippe. »Bishop Blake war ebenfalls beim Geheimdienst«, murmelte er. »Und Gregor Lansky wurde tatsächlich überwacht. Von Mr Blake selbst? Von Sam Chiccarelli? Sie hätte uns alle Zusammenhänge erklären können, da bin ich sicher. Aber sie wollte nicht. So oder so: Solange wir das verdammte Schachspiel nicht haben …«

Bob stieß einen Schrei aus, so laut, dass Peter beinahe das Steuer verriss. »Mann, Bob, erschreck mich doch nicht so! Das ist 'ne kurvige Gegend hier!«

»Ich habe was gefunden«, sagte Bob atemlos. Die anderen hatten gar nicht mitbekommen, dass der Dritte Detektiv auf der Rückbank das Handy hervorgeholt und sich auf dem kleinen Display wieder mit dem Tagebuch von Irene Hammontree beschäftigt hatte.

»Hört euch das an, das ist ein Eintrag von einer der letzten Seiten, fünf Jahre nachdem Irene das Schachspiel hatte verschwinden lassen: ›Ich hätte nie zu hoffen gewagt, dass sich die Dinge einmal so entwickeln würden. Gregor ist immer noch ein seltsamer, eigenwilliger Mensch. Er ist auf der Hut, lebt in Deckung vor einer unbekannten Gefahr, von der ich bis heute nicht genau weiß, ob sie eingebildet ist oder nicht. Das weiß vielleicht nicht einmal Ruth.‹ Das ist die Frau, die er in der Zwischenzeit kennengelernt und geheiratet hat«, erklärte Bob.

»›Aber abgesehen davon ist Gregor ein liebevoller Ehemann‹«, las der Dritte Detektiv weiter vor. »›Und seit gestern Vater. Ich bin Tante geworden! Ruth und er haben ihren Sohn Griffin genannt. Griffin Silverman, er trägt Ruths Nachnamen, weil Gregor immer noch Angst hat, dass seine falsche Identität auffliegt. Der Kleine ist wohlauf. Er ist mit einer Hasenscharte zur Welt gekommen, aber sie ist nicht stark ausgeprägt und kann bestimmt bald operiert werden.‹«

Bob ließ die Kamera sinken und grinste triumphierend. »Ist jemand bereit, an einen Zufall zu glauben?«

»Nein«, sagte Justus aufgeregt. »Das Alter kommt auch ungefähr hin. Unser geheimnisvoller falscher Arzt ist also Gregor Lanskys Sohn!«

Griffin Silvermans Adresse herauszufinden war ein Kinderspiel: Sie stand im Telefonbuch. Er wohnte in der Alta Avenue in Santa Monica. Es war fast Mitternacht, als die drei Detektive die Straße erreichten. Trotz ihrer Nähe zum Strand und zu den großen Boulevards war die Alta Avenue eine ruhige Wohnstraße, in der sich um diese Zeit niemand mehr draußen herumtrieb.

Griffin Silverman lebte in einem kompakten Betonwürfel mit großen Fenstern, der auf einem schmalen Grundstück stand, eingezwängt zwischen anderen schmalen Grundstücken und halb versteckt hinter einem Palmengarten. Im oberen Fenster brannte Licht.

Als sie den dunkelgrünen Pick-up vor dem Haus entdeckten, war jeder Zweifel, wirklich auf der richtigen Spur zu sein, ausgeräumt.

»Meint ihr nicht, wir sollten Inspektor Cotta anrufen?«,

fragte Peter, nachdem er den Wagen ein Stück weiter am Straßenrand geparkt hatte. »Ich meine, wir wissen doch jetzt alles, oder? Wir kennen seinen Namen und seine Adresse, wir haben genügend gegen ihn in der Hand, damit Cotta ihn festnehmen kann …«

»Und das Schachspiel? Wenn wir jetzt an die Polizei übergeben, überführen wir zwar den Verbrecher, aber wir lösen nicht das Rätsel.« Justus schüttelte entschieden den Kopf. »Ich will endlich wissen, was es mit diesem Brett auf sich hat.«

Peter seufzte. »War ja klar. Also schön, was schlägst du vor?«

»Wir schleichen uns ran und sehen erst mal, ob Griffin Silverman allein ist.«

»Und dann?«

»Improvisieren wir.« Justus zwinkerte und stieg aus dem Wagen. Bob und Peter folgten ihm.

Die Alta Avenue war denkbar ungeeignet, um das Haus unbeobachtet zu observieren. Die Bebauung war zu dicht, es gab keinerlei Versteckmöglichkeiten, und wer immer aus dem Fenster blickte, würde die drei Detektive sofort entdecken.

»Wenn er uns sieht, war es das«, bemerkte Bob. »Er wäre sofort gewarnt.«

»Er kennt vor allem euch beide«, stellte Justus fest.

»Dich hat er vorhin fast überfahren«, sagte Peter. »Er dürfte sich an dich erinnern.«

»Schon, aber da war es dunkel. Mit etwas Glück … gib mir

mal dein Käppi, Zweiter!« Justus setzte sich Peters Mütze auf.
»Super Tarnung«, meinte Peter ironisch.
»Es wird reichen«, war der Erste Detektiv überzeugt. »Ihr bleibt hier, ich sehe mich mal unauffällig um.«
Justus schlenderte los. Als er an Silvermans Haus vorbeikam und zum erleuchteten Fenster hinaufblickte, sah er den Schatten einer Person an der hinteren Zimmerwand. Offenbar saß jemand an einem Schreibtisch. Mehr war jedoch nicht auszumachen. Justus ging zur nächsten Kreuzung und kehrte wieder um. Auf dem Rückweg konnte er beobachten, wie der Schatten aufstand. Jetzt sah er Silverman. Er trug etwas unter dem Arm, verließ den Raum und schaltete das Licht aus.
Justus blieb stehen. Einen Moment lang blieb das Haus dunkel und still, dann hörte Justus eine Tür quietschen. Das Geräusch kam von der Rückseite des Gebäudes. Der Erste Detektiv zögerte nur kurz und ging dann auf das Haus zu. Hinten gab es einen Hof oder Garten. Er war von einem hohen Holzzaun umschlossen, ähnlich dem auf dem Schrottplatz. Um an den Zaun heranzukommen, musste Justus das benachbarte Grundstück betreten. Es dauerte eine Weile, bis er eine Lücke zwischen den Brettern gefunden hatte, die breit genug war, um hindurchsehen zu können.
Hinter dem Haus lag ein karger Hof, in dem lediglich Mülltonnen, Berge leerer Flaschen, Farbeimer und alte Autoreifen herumstanden. Außerdem ein paar schäbige Gartenmöbel und ein Grill.

Durch die offene Hintertür fiel ein wenig Licht und Justus erkannte Griffin Silverman. Er stand am Grill und trug das Schachbrett unter dem Arm. Justus sah seinen nachdenklichen Gesichtsausdruck. Ein paar Sekunden lang starrte der Mann in den leeren Grill wie in ein Lagerfeuer. Dann beugte er sich hinab, nahm eine Flasche zur Hand und kippte ihren Inhalt über den Grillrost. Er zog etwas aus der Tasche und eine Sekunde später flammte ein Streichholz auf. Er warf es in den Grill. Plötzlich schlugen helle Flammen hoch. Im flackernden Licht beobachtete Justus, wie Silverman das Schachbrett zwischen den Händen drehte.

Die Lansky-Eröffnung

Justus erstarrte. Seine Gedanken rasten. Silverman wollte das Schachspiel verbrennen? Er musste irgendetwas unternehmen, und zwar schnell! Der Erste Detektiv machte auf dem Absatz kehrt, rannte zurück zur Straße, wollte erst zu Bob und Peter, doch dafür war keine Zeit mehr. Er winkte seinen Freunden, die ihn aus der Ferne beobachteten, dann stürzte er zu Silvermans Wagen und riss am Griff für die Fahrertür. Das Auto war abgeschlossen. Nichts tat sich. Justus lief nach vorn und setzte sich mit Schwung auf die Motorhaube.

Die Alarmanlage reagierte. Der Wagen fing an zu hupen und zu blinken. In diesem Moment erreichten ihn Bob und Peter.

»Just!«, rief Peter atemlos. »Bist du von allen guten Geistern verlassen?«

»Kommt mit!« Justus zerrte seine Freunde weg von der Straße zum Holzzaun. Schnell blickte er durch die Lücke auf den Hof. Er sah noch, wie Silverman wütend ins Haus lief. Das Schachbrett hatte er auf den Stapel Autoreifen gelegt.

»Silverman wollte gerade das Brett verbrennen«, erklärte Justus knapp.

»Was?«, rief Bob. »Aber –«

»Ich musste ihn irgendwie ablenken. Aber er wird nicht lange weg sein. Du kletterst jetzt da rüber und holst das Brett, Peter.«
»Wie bitte!?« Peter war völlig entsetzt. »Ich kann doch nicht …«
»Doch, du kannst. Beeil dich, uns bleibt nicht viel Zeit!«
»Aber …«
»*Jetzt*, Peter!« Justus verschränkte seine Hände zur Räuberleiter.
Mit Panik im Blick setzte der Zweite Detektiv seinen Fuß hinein und ließ sich von Justus nach oben hieven. Er stemmte sich mit den Armen hoch, schwang seine Beine über den Zaun und war drüben. Justus sah, wie Griffin Silverman auf der anderen Seite des Hauses auf die Straße trat und sich umblickte. Die Straße war natürlich leer.
Justus blickte durch den Spalt.
»Wo ist das Brett?«, fragte Peter hektisch.
»Da drüben auf den Autoreifen.«
Der Zweite Detektiv rannte hin und schnappte es sich. »Ich werfe es euch rüber!«, raunte er. »Achtung!«
Das Brett segelte über den Zaun. Bob fing es geschickt auf.
Die Alarmanlage erstarb. Griffin Silverman steckte den Wagenschlüssel ein, blickte sich noch einmal um, dann kehrte er ins Haus zurück.
»Schnell, Peter!«, drängte Bob. »Er kommt!«
»Ich weiß nicht, wie ich hier hochkommen soll!«
»Mach einfach!«

Peter zerrt zwei Farbeimer herbei, stellte sie aufeinander, stieg hinauf und bekam die obere Zaunkante zu fassen. Elegant zog er sich hoch, rollte sich auf die andere Seite und plumpste zu Füßen seiner Freunde auf den Boden.

»Und jetzt nichts wie weg!«

Die drei Detektive rannten los, ohne sich noch einmal umzusehen. Sie liefen zu Peters MG, sprangen hinein, und noch bevor die Beifahrertür zufiel, startete Peter den Wagen und gab Gas.

Justus blickte durch die Heckscheibe zurück. Gerade als sie um die nächste Ecke bogen, erschien Silverman wieder auf der Straße, fuchsteufelswild. Eine Sekunde später waren die drei ??? aus seinem Blickfeld verschwunden.

Es dauerte eine ganze Weile, bis Peters Herzschlag sich wieder beruhigt hatte. Bob musste ihn mehrfach daran erinnern, das Tempo zu drosseln. Doch der Zweite Detektiv hatte die ganze Zeit das Gefühl, verfolgt zu werden, obwohl Justus den Verkehr ständig im Auge behielt und sich ganz sicher war, dass Silverman nicht hinter ihnen her war.

»Mann!«, sagte Peter immer wieder. »Mann, Just! Mach das bloß nie wieder!«

»Es ging nicht anders«, verteidigte sich der Erste Detektiv.

»Ich weiß. Mach's trotzdem nie wieder!«

Als sie Rocky Beach erreichten, hatte sich seine Aufregung ein wenig gelegt.

Sie benutzten das Grüne Tor, um auf den Schrottplatz zu

kommen. Als sie in der Zentrale waren, gingen sie ins Labor im hinteren Teil des Campinganhängers, räumten den großen Tisch frei, schalteten das helle Licht ein, legten das Schachbrett vor sich und betrachteten es.
»Sieht aus wie ein ganz normales Schachbrett«, stellte Bob fest und wog es prüfend in der Hand.
»Aber das ist es nicht, so viel ist sicher«, sagte Justus. »Also, mal der Reihe nach: Das Brett ist etwa so groß wie eine Schallplattenhülle, gut drei Zentimeter dick und relativ schwer, da es aus massivem Holz besteht. Für die hellen Felder tippe ich auf Ahorn, die dunklen Felder dürften aus Mahagoni sein. Der Rahmen ist ebenfalls aus Mahagoni. Er hat kleine Verzierungen am Rand, die persisches Kunsthandwerk nachahmen, wie mir scheint, da Schach ja aus Persien stammt. Die Buchstaben und Zahlen, mit denen man die Figurenpositionen angibt, sind aufgemalt.« Justus drehte das Brett um. »Von unten besteht das Brett vollständig aus Mahagoni. Also, Kollegen, das war die grobe Übersicht. Irgendetwas an diesem Schachbrett ist besonders. Finden wir heraus, was es ist!«
Die drei Detektive machten sich an die Arbeit. Bob recherchierte am Computer nebenan nach der Bedeutung der Verzierungen auf dem Rahmen des Brettes, während Justus und Peter das Brett selbst unter die Lupe nahmen.
Justus entdeckte schließlich, dass die einzelnen Schachfelder offenbar nicht miteinander verleimt, sondern irgendwie ineinandergesteckt waren. Sie ließen sich mit der Handfläche um Millimeter-Bruchteile gegeneinander verschieben. Er

griff nach einem Feinmechanik-Schraubenzieher und pulte damit an den Feldern herum.
Plötzlich löste sich eines davon und Justus hatte das schwarze Feld c3 in der Hand.
»Aha!«, rief der Erste Detektiv triumphierend. Bob kam sofort herübergeeilt, um sich die Entdeckung anzusehen.
Doch unter dem Feld befand sich nichts, außer der unteren Holzplatte.
»Wow«, bemerkte Peter trocken. »Ein loses Schachfeld. Ich bin überwältigt.«
Justus versuchte, weitere Felder abzuhebeln, aber obwohl sie sich ein wenig bewegen ließen, saßen sie alle fest.
»Ist ja auch logisch«, fand Bob. »Sonst würden ja alle Felder herausfallen, wenn man das Brett auf den Kopf stellt.«
Enttäuscht legte Justus das Feld wieder an seinen Platz. Es verkantete sich gerade so weit, dass es an Ort und Stelle blieb, als er das Brett probehalber umdrehte. »Scheint lediglich nachlässig verarbeitet zu sein.«
Der Zweite Detektiv fing an zu gähnen, und als er einmal damit angefangen hatte, konnte er kaum wieder aufhören.
»Ich erinnere mich vage, dass ich schon vor drei Stunden völlig erschossen war. Jetzt ist es eins und wir haben morgen Schule und ich will nach Hause und wir finden hier sowieso nichts mehr heraus.«
»Deine Eltern glauben doch, du übernachtest hier«, erinnerte Justus ihn.
»Mir egal. Ich will in mein Bett.«

»Ich glaube, Peter hat recht«, sagte Bob. »Mit den Mustern hattest du zwar recht, Just, sie könnten persisch sein, aber sie bedeuten rein gar nichts. Es sind halt Muster. Das Schachbrett ist eine einzige Enttäuschung. Schon Irene Hammontree hatte nichts gefunden. Weil da auch nichts ist, Justus. Gar nichts.«

»Aber es muss irgendetwas da sein.«

»Wie ich dich kenne, wirst du den Rest der Nacht in der Zentrale verbringen und weitersuchen«, vermutete Peter. »Viel Spaß dabei. Ich werde es ja morgen in der Schule an deinen Augenringen sehen. Aber ich bin raus aus der Nummer. Gute Nacht!«

»Ich komme gleich mit«, sagte Bob. »Wartest du noch fünf Minuten, Peter? Ich will noch schnell ein paar Sachen über persische Kunst nachlesen, dann …«

»Nein«, sagte Peter bestimmt. »Sorry, Bob, aber ich kann wirklich nicht mehr. Komm jetzt mit oder bis morgen.«

»Dann bis morgen!«

Peter winkte müde und verließ die Zentrale durch das Kalte Tor, während Bob sich wieder an den Computer setzte.

Justus nahm am Labortisch Platz, stützte sein Kinn auf die linke Hand und starrte nachdenklich auf das Schachbrett. Mit dem rechten Zeigefinger fuhr er die Verzierungen nach. Dann zog er sich ein kleines Kästchen mit Schraubenmuttern heran und stellte die Muttern wie Bauernfiguren auf das Brett. Einen kurzen Moment überlegte er, was er für die anderen Figuren nehmen könnte, bevor er die Schraubenmuttern ärgerlich vom Tisch wischte. Eine Partie

Schach würde ihm nicht helfen, das Geheimnis des Brettes zu lüften.
Justus stutzte.
Was, wenn doch?
Ohne genau zu wissen, was er damit bezweckte, stellte er die Muttern zurück auf ihren Platz, kramte Münzen, alte Filmdosen und Bits für den Akkuschrauber hervor und stellte sie als Figuren aufs Brett. Dann nahm er den improvisierten Bauern auf e2 zur Hand, um ihn auf e4 zu setzen, wie er es immer tat, wenn er den ersten Zug einer Schachpartie machte. Doch nach kurzem Überlegen ließ er den Bauern wieder los und zog stattdessen den Springer von b1 auf c3. Die Lansky-Eröffnung.
»Und jetzt?«, murmelte er zu sich selbst.
»Hast du was gesagt?«, rief Bob von nebenan.
»Nein. Ja. Ich spiele gerade Schach. Aber es bringt mich nicht weiter. Auch nicht mit b1-c3, der Lansky-Eröffnung.«
»Was sagst du: c3? War das nicht das lose Feld?«, fragte Bob.
Justus setzte sich kerzengerade auf. Bob hatte recht. Aber bedeutete das auch etwas?
Ein weiteres Mal wischte der Erste Detektiv die Figuren vom Brett. Dann drückte er auf das Feld b1. Nichts passierte. Er probierte es mit c3. Ebenfalls nichts. Dann setzte er erneut den Schraubenzieher an und hebelte c3 aus dem Brett heraus. Darunter war immer noch nichts. Aber nun entdeckte Justus etwas, das ihm vorher entgangen war: In die Ränder der umliegenden Felder waren schmale Füh-

rungsschienen eingeschnitzt. Auf diese Weise waren die Felder ineinander verankert und konnten nicht herausfallen. Aber man konnte sie *verschieben*.

Justus legte den Zeigefinger auf c2 und schob das Holzplättchen auf die frei gewordene Stelle. »Bob, komm mal!«

Der Dritte Detektiv betrat das Labor.

»Sieh dir das an, man kann die Felder bewegen wie bei einem Schiebepuzzle! Das hatten wir vorhin nicht ausprobiert!«

Bob ließ es sich zeigen und zuckte mit den Schultern. »Na und?«

»Ich dachte, wenn ich die Lansky-Eröffnung vielleicht mit den *Feldern* spiele, also das Feld b1 auf die freie Fläche von c3 schiebe …« Justus probierte es aus. Genau wie bei einem Schiebepuzzle schob er die Holzplättchen hin und her, bis b1 auf c3 landete.

Im Innern des Schachbretts machte es *klick*.

Justus und Bob sahen einander gespannt an. Nichts geschah. Dann hob der Erste Detektiv das Brett an, um auf der Unterseite nachzusehen, doch plötzlich hatte er das halbe Brett in der Hand. Die Bodenplatte blieb auf dem Tisch. Sie hatte einen Hohlraum.

»Just!«, rief Bob. »Du hast das Versteck gefunden! Du hast es tatsächlich gefunden!«

»Wenn man das b1-Feld an die richtige Stelle schiebt, löst man einen verborgenen Mechanismus aus! Und die Lansky-Eröffnung ist der Schlüssel!«

In dem Hohlraum lag ein kleiner Briefumschlag. Justus

nahm ihn zur Hand. Darunter lag noch etwas, eine kleine schwarze Plastikrolle, nicht größer als eine Rolle Klebefilm.

»Sieht aus wie ein Farbband für eine alte Schreibmaschine«, meinte Bob stirnrunzelnd.

»Nur dass kein Textilband darauf aufgewickelt ist«, stellte Justus fest. »Sondern eine Art Filmstreifen!« Vorsichtig wickelte Justus ein paar Zentimeter des Kunststoffstreifens ab und hielt ihn gegen das Licht. Dann wusste er, was es war. »Das ist ein Mikrofilm! Mikrofilme funktionieren wie Negative bei alten Fotokameras. Allerdings sind die Fotos extrem klein, viel zu klein, um mit bloßem Auge etwas erkennen zu können. Mithilfe eines Mikrofilms konnte man früher, bevor die Computertechnik so weit war, eine Menge Informationen auf kleinstem Raum unterbringen. Die Geheimdienste haben Mikrofilme benutzt, um Daten und geheime Pläne unbemerkt zu schmuggeln. Man braucht aber einen speziellen Apparat, um einen Mikrofilm lesen zu können.«

Bob hielt den Atem an. »Und was bedeutet das?«

»Das bedeutet, dass Gregor Lansky damals wirklich überwacht wurde, und zwar zu Recht. Er war nämlich ein Spion.«

In diesem Moment hörten sie, wie draußen die Kühlschranktür des Kalten Tors geöffnet wurde.

»Peter hat wieder was vergessen, der Schussel«, sagte Bob. »Der wird Augen machen, wenn er sieht, was du entdeckt hast, Just!«

Die Tür zur Zentrale schwang auf.
»Na, Zweiter, was ist es diesmal?«, erkundigte sich Justus, ohne den Kopf zu heben.
»Ich konnte nichts machen«, sagte der Zweite Detektiv und seine Stimme zitterte. »Er hat mir aufgelauert!«
Bob und Justus fuhren herum. In der Tür zum Labor stand Peter, kalkweiß im Gesicht und mit angstgeweiteten Augen. Er wurde festgehalten von Griffin Silverman, der ihm eine Pistole an den Kopf hielt.

Doppeltes Spiel

Der große Mann mit der Narbe an der Oberlippe sah sie grimmig an. »Ihr habt vergessen, dass ich weiß, wo ihr wohnt. Und euer Freund war so nett, mir auch den Eingang in dieses hübsche Quartier zu zeigen. Jetzt ist ein für alle Mal Schluss mit dem Kinderkram.« Er stieß Peter von sich, sodass alle drei Jungen zusammenstanden, und richtete die Waffe auf sie. »Gebt mir mein Schachbrett und lasst euch danach nie wieder blicken!«

Niemand rührte sich.

»Wird's bald!«

Justus drehte sich um, nahm die obere Hälfte des Schachbretts vom Tisch und reichte es Silverman. Der merkte sofort, was nicht stimmte.

»Ihr habt das Versteck entdeckt!«, keuchte er erschrocken.

Der Erste Detektiv nickte.

»Ihr habt das Versteck entdeckt?«, fragte Peter.

»Gebt mir, was drin war!«, rief Silverman wütend. »Aber sofort!«

Doch dazu kam es nicht. Plötzlich rumpelte es draußen. Silverman hatte noch Zeit, sich umzudrehen, da flog auch schon die Tür auf und Sam Chiccarelli sprang in die Zentrale. Sie stürzte sich augenblicklich auf Silverman. Es dauerte keine fünf Sekunden, da hatte sie den Mann entwaffnet.

Er wehrte sich aus Leibeskräften, doch sofort eilten ihr die drei Detektive zu Hilfe und kurze Zeit später hatten sie ihn gemeinsam überwältigt.
Während Sam Chiccarelli, Peter und Bob den Mann festhielten, kramte Justus eine Rolle Paketklebeband hervor und begann, damit Griffin Silvermans Hände und Füße zu fesseln. Der gab seine Gegenwehr bald auf und saß schließlich grimmig dreinblickend in einem der Sessel.
»Mrs Chiccarelli«, ergriff Justus keuchend das Wort. »Was machen Sie denn hier?«
»Das sollte ich euch fragen! In was für eine Geschichte seid ihr drei Jungs verstrickt und warum hat euch dieser Inspektor Cotta nicht schon längst den Hintern dafür versohlt?«
Peter winkte ab. »Das hat er schon ein paarmal. Nützt bloß nichts.«
Sam Chiccarelli schüttelte unwillig den Kopf. »Nachdem ihr bei mir wart, hat mir diese ganze Geschichte keine Ruhe gelassen. Also habe ich mich ins Auto gesetzt und bin nach Rocky Beach gefahren, um herauszufinden, wer ihr eigentlich seid und was ihr treibt. Ich hatte ja eure Visitenkarte. Aber kaum war ich angekommen, da habe ich aus dem Wagen gesehen, wie dieser Kerl euren Freund überfallen hat. Also bin ich ihnen nachgeschlichen. Könnt ihr mir verraten, was ihr getan hättet, wenn ich jetzt *nicht* aufgetaucht wäre?«
Bob und Peter blickten betreten zu Boden. Justus auch, doch sein Blick fiel auf Silvermans Waffe. Er hob sie auf. Sie kam ihm verdächtig leicht vor. Dann entdeckte er den

kleinen Replika-Aufkleber auf der Unterseite. »Die ist gar nicht echt«, bemerkte er.

»Natürlich ist die nicht echt«, sagte Silverman grimmig und rutschte auf dem Sessel herum, um sich in eine bequemere Position zu bringen. »Die habe ich nur zur Abschreckung, seit ich vor ein paar Jahren mal überfallen worden bin.«

Peter wusste nicht, ob er erleichtert oder wütend sein sollte. »Na, das mit der Abschreckung hat auf jeden Fall funktioniert.«

»So, Jungs, ich habe nicht die ganze Nacht Zeit«, mischte Sam Chiccarelli sich ein. »Ich wüsste endlich gern, was hier überhaupt gespielt wird!«

»Da sind Sie nicht die Einzige«, bekannte Peter.

»Wer sind Sie und warum sind Sie in mein Haus eingebrochen?«

Silverman schwieg verbissen.

»Ich glaube, wir sollten die Geschichte von vorn erzählen«, schlug Justus vor, »sonst kommen wir alle bloß durcheinander.« Er atmete einmal tief durch. »Gregor Lansky war ein Spion für den russischen Geheimdienst.«

»Was?«, rief Peter. Doch er schien der Einzige zu sein, den diese Eröffnung überraschte. »Woher weißt du das denn jetzt auf einmal?«

»Ich habe das Geheimfach im Schachbrett gefunden.« Er holte die Unterseite des Brettes aus dem Labor und zeigte sie den anderen.

»In diesem Hohlraum war das hier versteckt«, sagte Justus und präsentierte den Mikrofilm. »Welche Geheiminformationen auch immer darauf gespeichert sind, ist erst mal nicht wichtig. Aber der Mikrofilm und das Geheimversteck sind der Beweis dafür, dass Gregor Lansky nicht unter Verfolgungswahn litt. Die Gerüchte stimmten, er war ein Spion. Und das wollte sein Sohn mit aller Macht geheim halten. Vor allem vor Bishop Blake, der auch mit der Geschichte zu tun hatte. Ich vermute, er wollte Lansky enttarnen. Habe ich recht, Mrs Chiccarelli?«

Sam Chiccarelli nickte knapp. »Blake hat feindliche Spione aufgespürt.«

Justus wandte sich an Griffin Silverman. »Deshalb waren Sie so hinter dem Schachspiel her. Und nachdem Sie das Geheimfach nicht entdeckten, wollten Sie lieber gleich das ganze Brett mitsamt seinem Geheimnis verbrennen, bevor es in die falschen Hände geriet. Habe ich recht?«

Griffin Silvermans Gesicht, eben noch grimmig und verschlossen, veränderte sich. Die Wut zerfiel vor den Augen der drei ??? und wich einem Ausdruck des … Vorwurfs. »Ihr wisst nicht, wovon ihr redet«, sagte er leise. »Bishop Blake ist ein Monster. Er hat das Leben meines Vaters fast zerstört.«

»Mir scheint, Ihr Vater hat sich ganz allein in Schwierigkeiten gebracht«, widersprach Justus.

»Das stimmt«, gestand Silverman ein. »Aber Blake hat ihn gejagt, auch noch, Jahre nachdem mein Vater aufgehört hatte, für den russischen Geheimdienst zu arbeiten.«

»Es war nun einmal Mr Blakes Aufgabe, Spione zu enttarnen, ob sie noch aktiv sind oder nicht. Denn Landesverrat verjährt nicht, wenn ich richtig informiert bin.«

Justus sah in Erwartung einer Bestätigung zu Mrs Chiccarelli hinüber, doch diese wirkte plötzlich seltsam abwesend. Mit verschränkten Armen lehnte sie im Türrahmen und betrachtete den gefesselten Silverman sehr nachdenklich. Etwas Düsteres umwölkte ihren Blick.

»Habe ich recht, Mrs Chiccarelli?«, fragte Justus.

Sie ignorierte seine Frage. »Ich will seine Geschichte hören«, sagte sie, ohne den Blick von Silverman abzuwenden. »Von Anfang an.«

Griffin Silverman schien einzusehen, dass es keinen Sinn mehr hatte, sich zu weigern. Sehr langsam und bedächtig fing er an zu reden.

»Mein Vater war ein weltberühmter Schachspieler, bis er eines Tages aus dem Blick der Öffentlichkeit verschwand. Doch davon erfuhr ich erst, als ich bereits ein erwachsener Mann war. Als Kind waren meine Eltern lediglich Menschen, die sehr oft umzogen. Sie schienen vor etwas oder jemandem zu fliehen. Aber das war mir damals nicht klar. Erst als meine Mutter gestorben war und mein Vater selbst krank wurde, erzählte er mir nach und nach seine Lebensgeschichte. Die ganze Wahrheit erfuhr ich erst vor drei Jahren, als er im Sterben lag.«

»Ihr Vater ist tot?«, fragte Bob.

Silverman nickte. »Als junger Mann war er vom politischen System in der Sowjetunion sehr angetan. Die Welt dort schien ihm gerechter zu sein. Nicht zuletzt wohl deshalb, weil Schach dort einen sehr viel höheren Stellenwert hatte als hier. In Russland waren Schachspieler gefeierte Stars.

Hier waren sie bestenfalls komische Vögel. Mein Vater reiste häufig um die Welt, um an Turnieren teilzunehmen. Viele dieser Turniere fanden in der Sowjetunion statt. Dort hatte man mitbekommen, dass er mit dem Kommunismus sympathisierte. Schließlich wurde er angesprochen, ob er für den sowjetischen Geheimdienst arbeiten wolle. Mein Vater sagte Ja. Er war kein Spion im klassischen Sinne. Er spionierte niemanden aus, das wäre ihm auch schlecht möglich gewesen. Aber er betätigte sich als Kurier. Zu diesem Zweck ließ er sich sein Schachbrett bauen, mit dem er fortan ständig gesehen wurde. In dem Geheimfach transportierte er Aufträge von Ost nach West, übergab sie geheimen Mittelsmännern und nahm gleichfalls geheime Daten wieder mit zurück.«

»Der Mechanismus, mit dem sich das Geheimfach öffnen lässt, ist komplett aus Holz«, sagte Justus. »Deswegen ist das Spiel bei den Sicherheitskontrollen in den Flughäfen damals wohl nicht aufgefallen.«

»Richtig«, sagte Silverman. »Um welche Geheiminformationen es sich im Detail handelte, wusste mein Vater nicht und es kümmerte ihn auch nicht. Ich glaube, er gefiel sich in der Rolle des Geheimagenten, der unentdeckt Regierungsgeheimnisse schmuggelt.«

»Aber dann ist man ihm auf die Schliche gekommen«, vermutete Bob.

»Ja. Ich kenne die Einzelheiten nicht, aber irgendwie war ihm Bishop Blake auf der Spur. Blake hatte eine Ahnung, aber keine Beweise. Doch mein Vater fürchtete ihn und lebte jahrelang in der Angst, entdeckt zu werden. Eines Tages wurde sein Schachspiel am helllichten Tag aus einem Restaurant gestohlen. Er war sicher, dass Bishop Blake der Dieb war. Mein Vater rechnete fest damit, dass man ihn sofort festnehmen, anklagen und einsperren würde. Also tauchte er unter. Und nie wieder auf. Denn von diesem Tag an wurde er von Bishop Blake gejagt. Bis zu seinem Tod.« Griffin Silverman seufzte schwer. »All das habe ich erst am Ende seines Lebens erfahren. Er bereute, was er damals getan hatte. Und er bereute es, nicht sofort aufgehört zu haben, als es für ihn gefährlich wurde. Aber dann war es zu spät und er musste seine Schachkarriere beenden, um seine Freiheit zu retten.«

»Und Sie wollten seinen Ruf und seinen Namen retten«, sagte Justus.

Silverman nickte. »Gregor Lansky, der weltberühmte Schachspieler und Fast-Weltmeister, ist an dem Tag gestorben, an dem das Schachbrett verschwand und er untertauchen musste. Danach hat er sich unter einem anderen Namen ein neues Leben aufgebaut. Er hat meine Mutter kennengelernt, ich bin zur Welt gekommen und er hat die Vergangenheit begraben. Ich wollte nicht, dass diese Vergangenheit jetzt ans Licht gezerrt und in der Presse breitgetreten wird. Das hat er nicht verdient. Er war glücklich mit seinem neuen Leben! Natürlich hat er große Fehler begangen. Aber wem nützt es, einen Toten zu verurteilen?«

Silvermans Blick verfinsterte sich. »Niemandem, außer einem einzigen Menschen: Bishop Blake. Selbst drei Jahre nach dem Tod meines Vaters lässt dieser Mann nicht locker und versucht immer noch, die Wahrheit aufzudecken. Er ist besessen davon! Das ist doch krank!«

Justus zupfte langsam an seiner Unterlippe. »Wenn ich das alles richtig verstehe, dann hatten weder Sie noch Ihr Vater eine Ahnung, wo das Schachspiel die ganze Zeit war.«

Silverman schüttelte den Kopf. »Nein. Er und ich dachten immer, dass Blake es damals gestohlen hätte und mein Vater ihm nur knapp entkommen konnte. Aber dann habe ich die Geschichte mit der Versteigerung und dem Schachspiel und dem Unfall in der Zeitung gelesen. Bishop Blakes Name wurde erwähnt, sonst wäre ich gar nicht hellhörig geworden. Aber da war mir klar, dass es um das Schachspiel meines Vaters gegangen sein muss. Warum sonst hätte Blake so viel dafür gezahlt? Wo es allerdings die ganze Zeit tatsächlich war, wenn Blake es *nicht* hatte, und warum es dann so plötzlich wiederaufgetaucht ist – davon habe ich keine Ahnung.«

Die drei ??? blickten einander unbehaglich an.

»Wir wissen es«, sagte Bob schließlich. Justus nickte ihm aufmunternd zu und der Dritte Detektiv erzählte Silverman, was sie durch das Tagebuch seiner Tante erfahren hatten.

Für Silverman war es ein Schock. »Sie war es!?«

»Sie können das Tagebuch Ihrer Tante gerne lesen«, bot Justus an. »Vielleicht werden Sie ihre Gründe dann besser verstehen.«

Silverman hatte kaum Zeit, diese Neuigkeiten zu verdauen, denn nun wandte sich Sam Chiccarelli an ihn: »Warum sind Sie in mein Haus eingedrungen?«

Es dauerte einen Moment, bis Silverman sich wieder gefangen hatte. »Weil Bishop Blake mir im Krankenhaus sagte, dass Sie das Schachspiel hätten.«
»Er hatte Sie bereits erwähnt, nachdem er angefahren worden war«, erinnerte Justus und drehte sich nun zu Mrs Chiccarelli um.
»Und mir gegenüber hat er behauptet, er hätte den Namen Sam Chiccarelli noch nie gehört«, sagte Peter. »Ich verstehe überhaupt nichts mehr.«
Justus blickte Mrs Chiccarelli auffordernd an. »Wie wäre es, wenn Sie uns nun Ihre Version der ganzen Geschichte erzählen?«
»Da gibt es keine Version«, behauptete Mrs Chiccarelli. »Mir sagt das alles gar nichts. Die Sache mit dem Schachspiel habe ich heute zum ersten Mal gehört.«
Justus runzelte die Stirn. »Aber Sie wussten, dass Gregor Lansky vom Geheimdienst beschattet wurde. Und Sie kennen Mr Blake. Da muss es doch einen Zusammenhang geben! Worauf wollten Sie hinaus, als Sie heute Abend gesagt haben, die Erwähnung Ihres Namens sei eine Warnung gewesen?«
Sam Chiccarelli schwieg ausdruckslos.
»Mrs Chiccarelli?«
»Das sind Regierungsgeheimnisse.«
»Na, hören Sie mal!«, regte Peter sich auf. »Wir präsentieren Ihnen hier ein Geheimnis nach dem anderen und Sie …«
»Ich nicht«, antwortete Mrs Chiccarelli. »Weil sie euch nichts angehen. Und das da übrigens auch nicht.« Sie wies

auf den Mikrofilm, den Justus noch immer in der Hand hielt. »Ich konfisziere dieses Beweisstück.«
»Sie sind gar nicht mehr im Dienst«, antwortete Justus. »Sie können nichts konfiszieren.«
»Und ob ich das kann«, sagte Mrs Chiccarelli, machte zwei schnelle Schritte auf Justus zu, entwand ihm den Mikrofilm und steckte ihn in die Tasche.
»Dazu haben Sie kein Recht«, sagte der Erste Detektiv wütend, doch Sam Chiccarelli lachte nur.
»Ich rufe jetzt Inspektor Cotta an«, verkündete Justus entschlossen. »Mal sehen, was der dazu sagt.«
»Nur zu«, antwortete Mrs Chiccarelli gleichmütig.
Doch Justus trat nicht zum Telefon. Er ging ins Labor, nahm den Briefumschlag, der ebenfalls in dem Schachbrett versteckt gewesen war, und öffnete ihn. Ein kleiner Stapel Fotos rutschte heraus.
Justus betrachtete sie. Es waren Schwarz-Weiß-Bilder, auf denen zwei Männer an einer Straßenecke zu sehen waren, die offenbar versteckt aufgenommen worden waren: eine Fotoreihe, die zeigte, wie der eine Mann dem anderen ein kleines Päckchen gab und dann weiterging. Im Hintergrund war ein Straßenschild zu sehen, auf dem etwas in einer Schrift stand, die der Erste Detektiv nicht lesen konnte. Justus brauchte einen Moment, doch dann erkannte er einen der Männer. Die Brille hatte er damals schon getragen.
Mrs Chiccarelli bemerkte jetzt, dass Justus gar nicht telefonierte. »Was machst du denn da?«

»Ich sehe mir die Fotos an, die ebenfalls in dem Schachbrett versteckt gewesen waren«, sagte Justus gelassen. »Die hatte ich gar nicht erwähnt, oder? Na, so was …«
Sofort war Mrs Chiccarelli bei ihm und entriss ihm auch die Fotos. Justus wehrte sich nicht. »Zu spät, Mrs Chiccarelli. Ich habe sie mir schon angesehen. Und ich glaube, ich verstehe jetzt ein bisschen besser, was wirklich geschehen ist.«
»Was denn, Justus?«, fragte Bob aufgeregt. »Was ist auf den Bildern zu sehen?«
»Bishop Blake in jungen Jahren. Und zwar irgendwo im Ostblock, wie mir das Straßenschild in kyrillischer Schrift verraten hat. Er wurde heimlich dabei fotografiert, wie er sich mit einem Mann traf und ihm ein Päckchen gab.«
Mrs Chiccarellis Faust ballte sich. »Hab ich's doch gewusst!«, murmelte sie.
»Toll«, sagte Peter. »Justus hatte einen Moment der Erkenntnis, Mrs Chiccarelli hat es immer gewusst, nur ich begreife mal wieder gar nichts.«
»Was, denkst du, haben diese Fotos in Gregor Lanskys Schachspiel zu suchen, Zweiter?«
Peter zuckte mit den Schultern.
»›Mein Leben hängt von diesem Schachspiel ab!‹ Das hat nicht nur Ihr Vater immer wieder behauptet, Mr Silverman, sondern auch Bishop Blake. Und mir ist jetzt auch klar, warum. Weil Bishop Blake nur augenscheinlich ein Agentenjäger war. Eigentlich war er selbst ein Agent. Ein Doppelagent.«

Die letzte Spur

Bob schnappte nach Luft. »Du meinst, er hat *selbst* für die Russen spioniert? Für beide Seiten gleichzeitig sozusagen?«

Justus nickte. »Und diese Bilder waren der Beweis dafür. Der andere Mann ist vermutlich ein russischer Spion. In den Händen der richtigen Leute hätten diese Bilder Bishop Blake überführt und hinter Gitter gebracht. Aus irgendeinem Grund wusste oder ahnte Blake, dass Lansky im Besitz der Bilder war und dass sie vermutlich in dem Schachbrett versteckt waren. Deswegen wollte er das Brett unbedingt haben. Nicht, um Gregor Lanskys Leben zu zerstören. Sondern um sein eigenes zu retten.«

»Und für Lansky waren die Fotos eine Art Lebensversicherung«, überlegte Bob laut. »Er wusste, dass er in relativer Sicherheit war, solange er die Bilder hatte. Blake würde es nicht riskieren, ihn auszuliefern, solange er befürchten musste, dass Lansky ihn verriet. Deshalb war das Schachbrett so wichtig. Für beide.«

Justus wandte sich grimmig an Mrs Chiccarelli. »Und Sie wussten das die ganze Zeit.«

Sam Chiccarelli schien einzusehen, dass sie nichts mehr geheim halten konnte. »Ich ahnte es. Wir wussten damals, dass es einen Maulwurf beim Geheimdienst gab. Ich hatte Blake

die ganze Zeit in Verdacht, aber mir fehlte der Beweis. Ein Beweis wie diese Fotos zum Beispiel.«
»Und Blake ahnte, dass Sie ihm auf den Fersen waren?«, mutmaßte der Erste Detektiv.
Sie nickte.
»Deshalb hat er Ihren Namen genannt. Er dachte, er würde den Unfall vielleicht nicht überleben. Und er fühlte sich so von Ihnen verfolgt, dass nur Sie für ihn als Täterin infrage kamen.«
»Dabei habe ich mich seit dem Tag, an dem ich meinen Beruf aufgegeben habe, nicht mehr um ihn gekümmert«, verteidigte sie sich.
»Das glaube ich Ihnen«, sagte Justus. »Blake litt genauso unter Verfolgungswahn wie Gregor Lansky.«
»Eine Berufskrankheit«, bestätigte Mrs Chiccarelli.
»Als Peter ihn dann am nächsten Tag im Krankenhaus fragte, behauptete Bishop Blake natürlich, den Namen Sam Chiccarelli noch nie gehört zu haben. Schließlich konnte es ihm nicht recht sein, dass wir drei zu Ihnen gehen und auf diese Weise womöglich sein Geheimnis lüften. Dabei hätte er sich darüber gar keine Sorgen machen müssen. Sie verraten keine Geheimnisse, wenn Sie nicht dazu genötigt werden, nicht wahr?«
Sie zuckte mit den Schultern. »Eine weitere Berufskrankheit. Außerdem habe ich ja geglaubt, ihr würdet für einen Mann arbeiten, den ich für einen Verräter hielt. Und der, wie wir jetzt wissen, auch einer ist. Und darüber hinaus ging es euch, verdammt noch mal, auch überhaupt nichts

an!« Doch sie lächelte bei diesen Worten zum ersten Mal und Justus meinte sogar, so etwas wie Anerkennung in ihrem Blick zu sehen.
»Ihnen wiederum, Mr Silverman, hat er nur deshalb Mrs Chiccarellis Namen genannt, weil Sie ihn bedroht haben.«
»Bedroht, na ja …«, versuchte Griffin Silverman abzuwiegeln, doch dann nickte er geständig. »Ja, ich habe ihn wahrscheinlich bedroht.«
»Und ob Sie ihn bedroht haben!«, betonte Peter. »Und nicht nur das. Sie haben mich niedergeschlagen!«
»Du hast mich angegriffen! Ich habe mich bloß verteidigt!«
»Ich habe Sie bloß an der Schulter berührt! Und *Sie* haben *uns* am Telefon bedroht!«
»Das war doch vollkommen harmlos. Ich wollte nur, dass ihr euch raushaltet.«
»Und vor ein paar Stunden hätten sie uns auf der Straße beinahe überfahren!«, fuhr Peter fort.
»Das ist nun wirklich übertrieben. Ich hatte den Wagen die ganze Zeit unter Kontrolle und hätte nie riskiert, euch zu verletzen. Ich wollte nur das Schachspiel wiederhaben. Das *ihr mir* dann wiederum gestohlen habt!«
»Hm«, brummte Peter geschlagen.
»Das alles wäre überhaupt nicht passiert, wenn das Schachspiel nicht hier auf dem Schrottplatz gelandet wäre«, fiel Justus auf. »Warum haben Sie sich eigentlich nicht selbst um die Haushaltsauflösung Ihrer Tante gekümmert?«
»Das hatte ich vor«, erklärte Silverman. »Aber ich hatte in

den letzten Jahren wenig Kontakt zu ihr. Als ich auf ihrer Beerdigung war, sagte mir eine Nachbarin, dass sie sich schon um alles gekümmert hätte. Mir war das nicht weiter wichtig, also habe ich sie machen lassen.«

»Typisch Mrs Kretchmer«, brummte Peter. »Wo es was zu holen gibt, ist sie sofort zur Stelle.«

»Dann war es also tatsächlich Mr Blake, der ins Haus von Mrs Hammontree eingestiegen ist«, stellte Justus fest. »Der hat vermutlich auf die gleiche Weise vom Tod Ihrer Tante erfahren wie unser Sportlehrer Bradley, nämlich durch die Zeitung. Nur war er bereit, mehr zu riskieren, um zu bekommen, was er wollte. Kein Wunder, für Blake stand ja auch mehr auf dem Spiel.«

Bob stieß einen tiefen Seufzer aus und ließ sich erschöpft in einen Sessel fallen. »Mir brummt der Schädel. Was machen wir denn jetzt mit all dem Geheimwissen?«

»Ihr könntet mich zum Beispiel von diesem Klebeband befreien«, schlug Griffin Silverman vor.

Justus sah keinen Grund, der dagegensprach, aber es war Sam Chiccarelli, die ein Taschenmesser hervorzog und die Fesseln durchtrennte.

»Danke.«

Doch was nun zu tun sei, war noch ungeklärt.

»Wir können Mr Blake doch jetzt nicht vor Gericht bringen, oder?«, fragte Peter. »Er ist ein alter Mann, der im Krankenhaus liegt, und wenn ihr mich fragt, hat er durch die Angst, die er all die Jahre gehabt haben muss, schon genug bezahlt.«

»Das Gesetz würde das anders sehen«, gab Justus zu bedenken. Er warf Sam Chiccarelli einen fragenden Blick zu.

»Ich bin nicht mehr für den Geheimdienst tätig«, sagte sie. »Erinnert ihr euch, was ich euch gesagt habe, als ihr vor meiner Tür standet? Bishop Blake war einer von denen, die diese Zeit so unangenehm gemacht haben. Weil jeder jeden beschattet hat und jeder Zweite ein doppeltes Spiel spielte. Jeder fühlte sich beobachtet und niemandem konnte man trauen. Ich bin froh, dass ich da weg bin. Und ich habe nicht vor zurückzukehren, um alte Rechnungen zu begleichen. Deswegen werde *ich* jetzt nach Hause fahren und ins Bett gehen. Und sollte in den nächsten Tagen ein Inspektor Cotta vor meiner Tür stehen und mich zu irgendwas befragen, werde ich behaupten, euch alle noch nie gesehen zu haben.« Sie ging zur Tür, öffnete sie und drehte sich noch einmal um. »Und was immer auf diesem Mikrofilm gespeichert ist, ist sowieso hoffnungslos veraltet und interessiert heute keinen Menschen mehr. Ihr könnt ihn euch in euer Sammelalbum kleben.« Sie warf den Mikrofilm Richtung Schreibtisch, doch wie zufällig landete er im Papierkorb. »Gute Nacht!«

Obwohl es inzwischen zwei Uhr morgens war und die drei Detektive fast umfielen vor Müdigkeit, trafen sie noch in dieser Nacht eine Entscheidung. Sie gingen hinaus auf den Schrottplatz und stellten einen Grill in eine Ecke, die vom Haus der Familie Jonas nicht einsehbar war. Justus verstaute den Mikrofilm und die Fotos wieder im Schachbrett, besprenkelte es mit Spiritus und zündete es an.

Schweigend sahen sie gemeinsam mit Mr Silverman zu, wie die Flammen es langsam verzehrten.
»Und was machen wir jetzt mit Mr Blake?«, fragte Peter in das Knistern des Feuers hinein.
»Ich schicke ihm einen Blumenstrauß von Flowerpower Malibu«, sagte Mr Silverman mit einem Seitenblick auf Bob. »Auf das Kärtchen werde ich schreiben, dass das Schachspiel vernichtet wurde und er nichts mehr zu befürchten hat.«
Die drei ??? nickten zustimmend. Dann betrachteten sie nur noch schweigend die Flammen und sahen zu, wie sich das Geheimnis des Schachspielers in Rauch auflöste. Er stieg in den sternenübersäten Nachthimmel auf und der Wind verwehte die letzten Spuren.

Zwei Tage später betrat ein neunzehnjähriger Mann das Polizeipräsidium von Rocky Beach und gestand, dass er am Samstag zuvor einen alten Mann in der Sunrise Road angefahren und Fahrerflucht begangen hatte. Er kam vor Gericht, doch da er sich freiwillig gestellt hatte, fiel seine Strafe milde aus.
Bishop Blake zog um, einige Wochen nachdem er aus dem Krankenhaus entlassen worden war. Er verließ Kalifornien und kehrte nie wieder zurück.
Eudora Kretchmer tauchte auf dem Schrottplatz auf und forderte die siebentausend Dollar, die für das Schachspiel erzielt worden waren. Doch bei Mathilda Jonas war sie mit diesem Ansinnen an der falschen Adresse. Die Auseinander-

setzung, die Justus später gern als Kampf der Titanen bezeichnete, zog sich den halben Nachmittag hin.
Doch nach Tante Mathildas Versprechen einer großzügigen Spende zum Thanksgiving-Gemeindefest legte sich der Sturm und die beiden ungleichen Frauen saßen noch lange plaudernd auf der Veranda. Der Kirschkuchen, den Tante Mathilda dabei reichte, entlockte Eudora Kretchmer sogar ein Lächeln.

4 x Kult

William Arden / Robert Arthur /
Kari Erlhoff / Marco Sonnleitner
Die drei ???-Schuber
608 Seiten
Vier Taschenbücher im Schuber
ISBN 978-3-551-31293-8

Justus, Peter und Bob stehen vor vier ihrer kniffligsten Fälle:
Sie gehen dem Diebstahl einer silbernen Spinne nach und geraten plötzlich selbst in Verdacht. Um einen Schatz zu finden, müssen sie ein rätselhaftes Testament entschlüsseln. Auf dem Anwesen eines Programmierers ist ein virtueller Drache scheinbar zum Leben erwacht. Und ein mysteriöser Klient spielt mit ihnen ein Katz-und-Maus-Spiel, das sie in höchste Gefahr bringt. Doch mit den drei Detektiven aus Rocky Beach kann es so leicht keiner aufnehmen!

CARLSEN

www.carlsen.de